狂風霽月

광풍제월

만상조 新무협 판타지 소설

FANTASTIC ORIENTAL HEROES

광풍제월 2

만상조 新무협 판타지 소설

초판 1쇄 찍은 날 § 2015년 10월 16일
초판 1쇄 펴낸 날 § 2015년 10월 23일

지은이 § 만상조
펴낸이 § 서경석

편집책임 § 김현미

펴낸곳 § 도서출판 청어람
등록번호 § 제387-1999-000006호
등록일자 § 1999. 5. 31
어람번호 § 제2-2606호

주소 § 경기도 부천시 원미구 부일로 483번길 40 서경B/D 3F (우) 14640
전화 § 032-656-4452 팩스 § 032-656-4453
http://www.chungeoram.com
E-mail § chungeorambook@daum.net

ISBN 979-11-04-90464-6 04810
ISBN 979-11-04-90462-2 (세트)

狂風霽月

광풍제월 2

만상조 新무협 판타지 소설

FANTASTIC ORIENTAL HEROES

도서출판 청어람

광풍
제월

第一章 수련

"자, 그럼 시작해 보도록 하지."

척 노인은 벽곡단을 우물거리며 자리에 앉았다. 멀리서는 세 노인이 흥미진진한 표정으로 구경에 힘쓰고 있는 모습이었다.

"왜 할아버지들이 더 재미있어 하는 것 같죠?"

소하의 질문에 척 노인은 비릿한 웃음을 지었다.

"원래 무공이란 건 아무에게나 알려주는 게 아니다. 당연히 서로의 무공이 어떤 식으로 전개되느냐에 대해 궁금할 수밖에 없지."

"흠흠."

다른 세 노인이 헛기침을 하는 것에 씩 웃은 척 노인은 이윽고 천천히 소하에게 말했다.

"네가 배울 것은 일단 천양진기다. 환열심환의 힘을 어떻게라도 녹여내지 못한다면 전부 말짱 꽝이니까. 그러기 위해선 일단 전신의 혈도에 대해 파악해야만 하겠지."

척 노인은 간단히 설명을 해주었다. 말인즉슨, 소하의 몸에 잠자고 있는 내공은 아랫배 근처의 단전에 잠자고 있다고 했다.

"그걸 전신으로 휘돌리는 게 바로 일주천(一周天)이다."

"일주천이요?"

소하가 고개를 갸웃거리자 척 노인은 고개를 선선히 끄덕여 보였다.

"일단 그게 제일 기초라고 할 수 있지. 언제 어느 상황에서도 내공의 기운을 네가 원하는 부위에 집중시킬 수 있어야 한다."

소하는 이전 혁월련이 전신에 내공을 뒤덮던 모습을 생각해 보았다. 하지만 분명 성중결은 내공을 사용하는 기척조차 보이지 않았었다.

"그럼 몸에 전부 덮는 것보다 한쪽에 집중시키는 게 더 낫겠네요?"

"그게 더 상승(上昇)의 공부라고 할 수 있지. 왜, 그런 걸 본 적이 있느냐?"

척 노인의 질문에 소하는 조심스럽게 성중결의 이야기를 꺼냈다.

"흥. 제법 하는 놈인가 보군. 그래. 아마 그건 쾌검(快劍)을 위해 손에만 두른 모양이지."

"쾌검요?"

"…네가 한없이 무식하단 걸 예상에 두지 않았었군."

척 노인의 눈가가 일그러지는 것에 소하는 주눅 든 표정을 해 보였다. 아무리 그래도 이들이 하는 말은 전혀 다른 세상의 이야기 같았던 것이다.

"무공을 배운 적이 없는 아이 아닌가. 당연한 일이지."

뒤쪽에서 현 노인이 그렇게 말해주자, 척 노인은 후우 하고 한숨을 내뱉었다.

"빌어먹을 놈들. 이래서 내가 첫 번째였군."

"자네의 가르침이 좋지 않겠나."

끝까지 부정은 하지 않는 현 노인이었다. 마 노인과 구 노인 역시 킬킬 웃고만 있을 뿐이었다.

"이왕 가르치는 김에, 철저하게 가르쳐 주지. 너도 그런 각오로 무공을 배운다 한 것이겠지?"

"네. 그건 당연하죠!"

소하는 고개를 척 치켜들며 허리를 빳빳이 세웠다. 천하제일의 무인이라는 자에게 무공을 배우는데, 어찌 소홀히 할 수 있겠는가.

척 노인은 비릿한 웃음을 지었다.

"그렇다면 일단 주천(周天)에 대해 설명해야겠군. 일찍이 천체(天體)의 원환(圓環)을 의식해 인체 역시 하늘과 같이 이루어졌다는 생각이 있었지. 거기서부터 시작한 게 바로 양생(養生)이다. 이 양생의 기본이 바로 내공의 운용이라 할 수 있겠는데,

몸의 혈위(穴位)를 황도(黃道)의 성위(星位)로 취급해, 그 개소(個所)를 통해 내공을 운용하는 법이 바로 대주천이라 한다. 이는 삼백 개가 넘는 혈도의 위치를 전부 숙지하고 있어야 하며… 눈!"

"헛!"

소하는 순간 눈이 반쯤 감기고 있었다는 사실을 알아챘다. 정신을 차린 소하의 앞에는 으르렁대고 있는 척 노인이 있었다.

"한 번만 더 내 앞에서 졸 경우에는 그 눈을 뽑아버려도 된다는 것으로 받아들이겠다."

"…네."

소하가 침을 꿀꺽 삼키자 척 노인은 한숨을 내쉬었다. 아무래도 수준을 한참 낮춰야 할 듯싶었다.

"아야얏!"

아프다는 외침에도 척 노인은 무뚝뚝하게 소하의 등을 콕콕 눌러대고 있을 뿐이었다.

"기억해라. 기억하지 못하면 한 번 더 아플 테니까."

"아, 아악! 아무리 그래도 이런 건……!"

"머리가 멍청하면 몸이 고생한다는 사실을 몰랐던 네 아둔한 머리에게 항의해라."

소하는 결국 목에서부터 엉덩이까지를 계속 찔려야만 했고, 이내 아구구 소리를 내며 엎어져 있자 척 노인은 불퉁스러운 목소리를 내었다.

"내가 지금 알려준 곳이 바로 임맥(任脈)과 독맥(督脈)이다. 이곳에 내공을 순환시키는 것이 바로 소주천(小周天)이라 할 수 있지. 회음(會陰)에서 승장(承漿)까지… 아니다. 네놈은 무식했었지. 엉덩이에 찍어준 부분에서부터 아랫입술 끝까지 내공을 올려 보내봐라."

"그런데……."

비틀비틀 일어선 소하가 힘없는 목소리로 말을 걸었다.

"내공을 어떻게 움직이죠?"

그것에 척 노인은 입을 쩍 벌렸다.

마치 돌로 만들어진 석상 같은 모습으로 두 눈은 허공을 뚫어지게 노려보고 있었다.

"이런 빌어처먹을!"

허공에 그런 고함을 지른 척 노인은 찔끔하는 소하를 보며 부르르 몸을 떨었다.

"이리로 와라. 대맥(大脈)을 사용하게 해줄 테니."

뒤에서 배를 잡고 웃는 마 노인을 태워 죽일 듯 노려본 척 노인은 이내 소하의 팔을 붙잡고는 빠르게 손가락으로 누르기 시작했다.

"앗, 뜨거!"

소하의 외침에 척 노인은 고개를 끄덕였다.

"뜨겁다는 건 내공이 반응한다는 뜻, 뭔가가 달라지지 않았느냐?"

"아!"

소하는 순간 알 수 있었다. 자신도 모르게, 마치 몰랐던 근육을 쓸 수 있게 된 것처럼 은은한 힘이 주우욱 팔을 통해 올라오고 있었던 것이다.

"참고로 이걸 잘못 휘돌리면 혈맥이 터지고 육신이 망가지는 상태가 된다. 이것을 입마(入魔)에 들었다고 하지."

"그, 그럼 어떻게 해요?"

소하가 당황해 그리 묻자, 척 노인은 뭐가 이상하냐는 얼굴로 그에게 말했다.

"아까 말해준 대로 움직이게 해라. 네가 엄청난 자질을 가지고 있어서 한 번에 임독양맥이 타통(打通)되거나 하는 기적을 내게 보여주면 좋겠군."

본래 임맥과 독맥, 양맥이 소주천하는 내공의 기운에 의해 원활하게 열리는 순간 소유자는 막대한 양의 힘을 자유로이 사용할 수 있게 된다. 여기 있는 자들 역시 그러한 과정을 모두 거친 이들이었다.

"끄으응……!"

"볼일을 보라고 한 것이 아닐 텐데."

소하가 오만상을 찌푸리고 있자 척 노인은 조용히 그리 중얼거렸다. 그래도 소하의 몸에 잠자고 있던 내공이 서서히 흐름에 따라 움직이는 건 느껴지고 있었다.

'마냥 천재는 아니어도 제법 재능은 있군.'

척 노인은 그걸 인정할 수밖에 없었다. 지금 막 몰아붙여서 그렇지. 내공을 느끼고 바로 움직일 수 있는 자는 정말 드물다. 척 노인만 해도 며칠간 명상을 거듭한 후에야 내공을 움직였었기 때문이었다.

"소하 동자야. 차분하게 마음을 먹거라. 어차피 그 힘은 이제 네 몸에 스며든, 네 것이란다."

뒤쪽에서 응원의 목소리가 들려왔다.

"아니면 진짜 인생을 건 도박을 해봐라. 혹시 아냐? 임독양맥이 뚫리면 인생을 새로 사는 거야. 못하면 불구가 돼서 인생을 새로 사는 거고."

"……."

듣느니만 못 한 말들이었다. 소하는 마 노인의 중얼거림을 무시하며 아까 척 노인이 찍어줬던 곳을 통해 내공을 천천히 끌어올렸다.

'되긴 된다.'

신기한 경험이었다. 자신이 몰랐던 기운이 이리도 선명하게 느껴질 줄이야. 게다가 소하의 의지에 따라 느리지만 꾸준하게 움직이고 있었다.

그리고 한참 뒤, 소하는 처음으로 소주천을 해낼 수 있었다.

"후아아."

땀범벅이 된 채로 고개를 숙이는 소하를 보며, 척 노인은 조용히 입을 열었다.

"이게 내공심법의 기초다. 이제부터 내가 가르칠 천양진기는 말했듯 임독양맥의 타통을 위해 만들어진 심법이다. 하늘과 땅… 즉, 천양(天壤)이란 신체의 위와 아래를 가리키는 뜻이지."

일단 내공을 자유로이 움직일 수 있게 하는 게 우선이란 말이었다.

"일단 이건 매일매일 빼놓지 않고 수련해야만 한다. 그렇다고 너무 열성적으로 하면 입마가 와서 병신이 되니까 우리가 보는 앞에서만 하도록 하고."

"무섭네요."

소하의 말에 척 노인은 고개를 끄덕였다.

"무림에서는 그런 식으로 죽는 놈들이 쌓이고 널렸다. 그럼에도 그러는 이유가 뭐라고 생각하냐."

"강해지고 싶어서인가요?"

"바로 그렇다."

척 노인은 손가락을 들어 올려 천천히 허공에 동그라미를 그렸다. 그의 손가락에 얽힌 노란 내공이 잔상을 남기고 있었다.

"다들 허상에 쫓기는 것이지. 누군지도 모르는 적을 이기고 싶어서 안달난 놈들은 늘 일찍 죽는다."

그의 손가락에서 노란빛이 쏘아졌다.

소하는 순간 자신의 단전 부위를 감싸는 기운에 놀랐지만, 그럼에도 꿋꿋이 움직이지 않았다.

"비명이라도 질렀으면 재미있었을 텐데."

척 노인의 말에 소하는 헤유, 하고 한숨을 내뱉었다.

"설마 죽이시기야 하겠냐는 생각이었는데요."

"흥, 멍청한 놈."

그러나 척 노인의 입가에는 웃음이 슬쩍 걸려 있었다.

"늘 진정한 적은 자기 자신이다. 백로검이 말한 대로 네놈을 망치는 것은 네놈의 몸에 스며든 네 힘이니, 그걸 뜻대로 다룰 수 있는 게 중요하지. 그런 의미에서… 단순히 내공심법만을 익혀서는 안 돼."

"그럼 어찌해야 하죠?"

그것에 척 노인은 후련하다는 듯 고개를 들어 올리며 비릿하게 웃었다.

"그건 저쪽에게 물어봐야지."

*　　　*　　　*

"아니, 잠깐만, 이건 좀……!"

"못 피하면 아마도 죽을 거다!"

쇄아아아악!

소하는 머리 위를 스친 강렬한 일격에 섬뜩한 기운이 스쳐 지나가는 것을 느꼈다.

척 노인이 자기가 할 것은 다했다며 마 노인과 교대했다. 그는 어디서 가져왔는지 거무스름한 목검을 소하에게 던져주었다.

그리고 다짜고짜 덤벼들기 시작한 것이다.

"나는 고상한 현 영감과는 달라서 매일매일이 실전의 연속이었다!"

"우아악!"

소하가 펄쩍 뛰어 허벅지를 쓸어버리는 공격을 피해내자, 마 노인은 기분 좋다는 웃음을 머금은 채로 말을 이었다.

“그래서 얻은 교훈이 하나 있지! 궁금하지 않느냐!”

“으아아악!”

소하는 물론 피하느라 정신이 없을 뿐이었지만 말이다.

“바쁜 것 같으니 내가 말해주지. 진짜 제대로 된 수련이란… 실전 속에서 이루어진다는 거다!”

마 노인의 몸에서 끔찍한 압력이 퍼져 나왔다. 어린 소하는 마주하는 것만으로 다리가 달달 떨릴 정도였고, 또한 거침없이 날아오는 목검을 바라보는 순간 맞으면 죽는다는 생각이 거침없이 쏘아 박혔다.

“허허허, 연기가 아주 일품이군.”

현 노인이 만족스레 수염을 쓰다듬으며 말하자 옆에 앉은 척 노인도 동의해 보였다.

“어린놈들은 살기를 조금만 뿜으면 정신을 못 차리니 말이지.”

옆에서 구 노인이 벽곡단을 오독오독 씹어 먹으며 말을 보탰다.

“동작도 커!”

“제대로 하면 지금 저 녀석 몸이 곤죽이 됐을 거다.”

마 노인은 그냥 가볍게 산보를 나가듯 칼을 휘두르고 있었지만, 막상 마주한 소하는 마치 염라대왕이 작두를 내려치는 듯한 감각에 시달려야만 했다.

"눈이 좋군."
현 노인의 말에 척 노인은 신음을 토했다.
"…백로검, 고개를 숙인 값은 톡톡히 하겠군."
"음? 무슨 말인가?"
현 노인이 그리 묻자, 척 노인은 땅을 나뒹굴며 먼지투성이가 된 채 펄쩍펄쩍 뛰고 있는 소하를 주시했다.
"잘 키우면 정말 가능할지도 모르지."
현 노인의 눈에도 이채가 돌았다. 다른 자라면 몰라도, 무림에서 유명한 만박자가 호언장담하는 것이라면 의미가 컸다.
"시천마놈을 엿먹여 줄 수도 있겠어. 어쩌면……."
"살려줘! 할아버지들! 마 할아버지가 저 죽여요!"
"입을 놀리면 죽을 시간이 더욱 빨라진다는 걸 모르는 모양이구나!"
"으아아악!"
구 노인과 현 노인의 눈이 척 노인을 향하자, 이윽고 가만히 그 장면을 바라보던 척 노인은 흐음 하고 옆에 있는 바가지를 들어 물 한 모금을 삼켰다.
"…어쩌면 아닐 수도 있겠지만."

* * *

마 노인의 수업 아닌 수업이 끝나자, 소하는 진이 빠진 채로 바닥에 드러누울 수밖에 없었다. 마치 내장이 전부 튀어나올 듯 쌕쌕 숨을 내뱉고 있을 뿐이었다.

"그래도 몸은 제법 괜찮지 않냐?"

마 노인이 목검을 어깨에 걸치며 묻자, 소하는 침을 줄줄 흘리면서 힘겹게 말을 이었다.

"어떻, 어떻게 할아버지는 아무렇지도……."

"엉? 인마, 너랑 나랑 기초 체력이 같다고 생각한 거냐? 내가 오십 년은 더 갇혀 있어도 너보다는 튼튼할걸?"

소하는 처음으로 마 노인의 낡은 옷에 숨겨진 몸을 보았다. 단단한 근육으로 가득 차 있는 모습. 숱한 상처들이 그 위를 메우고 있었다.

"광천도 마령기는 천인참(千刃斬)이라는 일을 통해 유명해졌지."

현 노인의 말에 마 노인은 슬쩍 그를 쳐다보았다. 갑작스레 과거를 꺼내니 신경질적인 반응이 나온 것이다.

"어릴 적 일은 말하지 마라."

"천인참이요?"

소하가 냉큼 일어서며 그리 묻자, 마 노인은 허어 하고 입을 벌렸다.

"아까까지만 해도 다 죽어가더니만, 이런 건 또 용하게 알아듣네."

'아니, 환열심환의 힘이군.'

현 노인도 느낄 수 있었다. 방금 전 마 노인은 소하를 거의 육신의 한계까지 몰아붙였다. 척 노인의 내공심법으로 체내의 기반을 쌓고, 마 노인과의 실전으로 육체의 기반을 쌓아놓으려는 계획이었기 때문이었다.

그러나 소하는 표정만 거무죽죽해졌을 뿐, 몸은 다시 생기가 돌아오고 있었다.

'극양의 단환이라.'

현 노인도 내심 감탄할 수밖에 없었다.

"이렇게 궁금해 하니, 좀 알려줘도 되지 않겠나?"

"쩝……. 알아서 해라. 물이나 마시련다."

"여기 있어!"

구 노인이 즉시 내미는 것에 마 노인은 감사의 인사를 하곤 그것을 쭉 들이켜고 있었다.

"마 노인은 무림에 처음 출두(出頭)할 적, 천륙방(天戮房)이라는 곳과 시비가 붙었었단다."

"참고할 건, 그쪽이 객잔에서 깽판을 치다가 내 밥을 엎어버렸다는 거지. 절대 내가 먼저 시비를 건 것이 아니다."

급하게 부언을 하는 마 노인의 모습. 소하는 눈을 깜박거리며 그 이야기를 흥미진진하게 듣고 있었다.

"듣기로 마 노인은 그의 애병(愛兵) 굉명을 들고 적에게 외쳤다고 하지."

마 노인은 이제 못 듣겠다며 멀리 걸어가 버린 뒤였다.

"네놈은 내가 목숨을 나눌 상대조차 되지 않으니, 그 칼을 모조리 꺾어놓겠다고 말이다."

"칼을요?"

"무인에게 있어 칼이란 더없이 중요한 명예와도 같다. 그게 꺾였다는 건 자존심과 함께 무인으로서의 생명도 꺾였다는 거지."

한 명은 무참하게 땅에 나뒹굴었고, 마 노인은 아무렇지도 않게 다시 식사를 하려 했다고 한다. 하지만 천륙방의 무인은 자신의 동료들을 모두 데리고 와 일방적으로 마 노인을 습격했다.

대략 이십이 넘는 수. 그러나 모두 무기가 부서진 채 차디찬 땅바닥을 나뒹굴고 말았다는 이야기였다.

"그 후부터 그를 쫓는 천륙방의 세력을 격퇴하고, 천륙방인 줄 알고 다른 문파를 건드렸다가 거기도 격퇴하고, 그러는 와중에 오해가 생겨서 다른 문파 하나까지 무너뜨렸지."

"우와……."

소하는 참 대단도 하다는 눈으로 마 노인을 돌아보았고, 그걸 칭찬으로 들었는지 마 노인은 내심 뿌듯한 표정을 지었다.

"다 별것 아닌 놈들이었지."

"사실이다."

척 노인의 말에 마 노인은 두 눈에 쌍심지를 켰지만, 이내 아무 말도 하지 않았다.

"아무튼 그래서 마 노인이 격퇴한 무인의 머릿수가 천을 넘었기에, 그를 천인참의 무인이라 해서 다들 두려워했었단다. 이후에 그의 도법이 무림에 유명해져 묻히게 된 이야기이긴 하다만."

그래도 정말 대단한 일이긴 하다. 어떻게 개인이 천이 넘는 숫자를 이길 수 있단 말인가? 마 노인은 부끄러운지 흠흠 소리를 내며 옆쪽의 바위에 앉고 있었다.

"혈기 넘쳤던 시기의 과오(過誤)지."

"그건 모두 철저한 기초 수련이 있었기에 가능한 일이었단다."

확실히 마 노인의 몸이나, 다른 모든 노인들의 몸은 탄탄히 다져져 있었다. 어릴 적부터 수련을 해온 탓이었다.

"전 괜찮을까요?"

소하의 물음에 척 노인은 고개를 끄덕였다.

"사실 어지간한 놈이면 지금 네 나이 정도에 무공을 배워봤자 대성은 못한다. 하지만 넌 환열심환을 먹었으니, 그 성장 속도가 몇 배는 더 빠르지."

마 노인이 물 한 모금을 더 마시며 푸하 소리를 냈다. 이제 좀 땀이 식는 모양이었다.

"지금도 몸이 아무렇지 않아지고 있지?"

척 노인의 질문에 소하는 문득 팔을 왔다갔다 움직여 보았다. 확실히, 정말 몸은 멀쩡해지고 있었다.

"그렇다면!"

소하는 순간 들려오는 파공음에 비명을 질렀다.

"아니, 뭘 벌써… 우아악!"

머리 위를 스치고 지나가는 목검.

마 노인은 히죽 웃음을 지으며 빠르게 삼격(三擊)을 쳐냈다.

"적이 네가 다 쉬고 편한 상태가 된 다음에야 덤벼줄 거라고 생각한다면 오산이다!"

"우리는 산책이나 하고 오도록 할까."

현 노인이 엇차 소리를 내며 일어서자, 척 노인은 해골 같은 몸을 일으키며 고개를 끄덕였다.

"음. 하도 안 움직였더니 관절 마디마디가 쑤시는군."

"내 방에 놀러가자!"

구 노인이 신나서 그리 말하자, 다들 수긍했는지 그리로 향하기 시작했다.

소하의 살려달라는 몸짓은 다들 무시한 채였다.

*　　　　*　　　　*

"후우. 오랜만에 몸을 잘 풀었군. 좋지 않냐. 꼬마야."

"소하… 예요……."

땅에 엎어진 채로 바들거리는 소하의 모습.

일어나려 했지만 엉덩이만 위로 흔들흔들 향하는 중이었다.

"환열심환 때문에 회복이 빠를 테니, 염려 마라. 하하하!"

마 노인은 뺨을 타고 흐르는 땀이 반갑다는 듯 쓱 문지르며 그리 웃었다. 소하는 억울해 눈물이 쏙 흘러나올 만한 일이었다.

'와, 진짜 장난 아니네.'

시간이 어떻게 흘렀는지도 알 수 없었다. 그저 도격을 피해

도망 다니다 보니 시간이 지났던 것이다.

"일단 굉천도법을 알려주는 건 좀 뒤가 될 게다. 네 몸이 다 닦여놔야 뭘 가르치니."

그 말에 소하도 동의한 뒤였다. 그들이 하고 있는 행위는 명백한 호의(好意)다. 그렇기에 군소리 없이 이 수련을 견디고 있는 것이고 말이다.

멀리서 산보를 즐긴 세 노인이 다가오는 것이 보였다.

"허허. 제대로 수련을 받았나 보구나."

"정말, 제대로 받았죠……."

소하가 입술을 쑥 내밀며 말하는 것에 마 노인은 눈을 슬쩍 가늘게 떴다.

"입이 살아 있는 걸 보니 아직 힘이 덜 빠졌군."

그것에 입을 꾹 다물어 버리는 소하였다. 현 노인은 맑게 웃은 뒤 소하의 손을 잡아 그를 일으켜 주었다.

"마 노인은 네 하체에 중점을 둬서 공격을 해왔지. 허벅지랑 종아리가 당기지 않느냐?"

"네, 죽을 것 같이요."

"그걸로 죽으면 무림에 사는 놈들의 구 할은 이미 해골이 됐을 거다."

마 노인이 말하는 것에 소하는 한숨을 내쉴 뿐이었다. 이걸 다시 하라면 정말 진저리가 날 것 같았다.

"다 기초 수련의 일환이지. 게다가 회복도 빠르니, 이보다 더 좋은 환경은 없단다."

확실히 그랬다. 소하는 지금 다리가 멀쩡해지고 호흡도 제대로 돌아오는 것에 환열심환이 미워질 지경이었다. 아프고 힘든 감각들은 그대로였지만, 몸은 밉살맞게도 다시 힘을 되찾고 있었다.

"극양의 기운은 그게 좋지."

척 노인은 그리 말한 뒤 구 노인을 돌아보았다.

"십이능파의 방이 제법 좋더군. 경신법은 거기서 수련을 하는 게 낫겠어."

구 노인이 손을 흔들어 보였다. 그는 자신의 방이 있는 복도의 앞에 선 채로 일행을 기다리고 있었다.

"다음은 구 노인이란다."

"구 할아버지가 가르쳐준다는 건……."

소하가 기억이 안 나 버벅대자, 옆에서 몸을 씻고 온 마 노인이 대답해 주었다.

"경신법. 몸을 가볍게 하고 팔방(八方)을 움직이는 발재간을 알려줄 게다."

"구 노인은 우리들 중에서 그 방면에 가장 재능 있는 무인이니 말이다."

현 노인도 그렇게 말했지만, 소하는 영 의심이 갈 수밖에 없었다. 구 노인은 지나치게 순수해 보였다. 마치 어딘가 모자란 것처럼 말이다. 그런 사람이 어떻게 천하오절의 하나에 들 수 있었을까?

그러나 일단 노인들을 따라 걸을 수밖에 없었고, 구 노인의 방에 도착한 순간 소하는 입을 쩍 벌렸다.
"넓다!"
"우리도 처음 봤을 때 그랬지."
구 노인의 방은 다른 노인들이 사는 곳을 전부 합친 것에 몇 배나 되어 보일 정도로 넓었다. 마치 지하에 거대한 바위 숲을 만들어놓은 듯한 모습. 구 노인은 총총 앞으로 뛰어가더니만 히죽 웃음을 지었다.
"뛰어놀기 좋아!"
바닥도 부드러운 모래로 되어 있다. 소하는 퍼석거리는 모래를 밟으며 앞으로 걸어갔다.
"와."
바위들이 솟아 있는 모습. 바위의 끝은 둥글어 사람이 올라가 뒹굴어도 될 것만 같이 보였다.
"처음부터 가르칠 건가?"
현 노인의 물음에 구 노인은 턱에 손을 대더니만 이내 흠 소리를 냈다.
"아냐! 일단……."
그는 땅을 밟았다.
그 순간 구 노인의 몸이 솟구쳐 오르며 삽시간에 세 개의 바위들을 밟고 앞으로 쏘아진다.
소하는 입을 쩍 벌린 채 그를 바라볼 수밖에 없었다.
"같이 종금(從擒) 놀이 하자!"
그게 뭐지? 소하가 고개를 갸웃하자, 곧 바위산 두 개를 밟으며 구 노인이 앞으로 달려왔다.

마치 깃털 같았다. 하늘하늘 내려앉는 모습에 척 노인은 혀를 찼다.

"단전이 철폐된 게 크긴 하군. 예전보다 확연히 느리네."

"그때는 정말 번개가 따로 없었지."

현 노인이 허허 소리를 냈다. 그것에 소하는 당황할 수밖에 없었다. 그는 지금도 충분히 빨랐기 때문이었다.

"소하가 날 잡으면 끝! 난 계속 도망치면 돼!"

"아."

대충 뭔지 알 것 같았다. 이 바위산을 왔다 갔다 하면서 구 노인을 붙잡으라는 소리가 아닌가.

"그대로라면 재미가 없겠지."

"벽곡단을 걸까?"

"동자가 굶어 죽을 걸세."

소하는 얼굴이 창백해질 수밖에 없었다. 방금 보여준 한 수만으로도 충분히 빠르다는 것을 알았는데, 지금 무슨 말을 하고 있는 것인가!

"그럼 특식(特食)을 거는 게 어때."

"아! 그거 좋군. 역시 만박자일세."

현 노인의 말에 척 노인은 흥 하고 코웃음을 쳐 보였다.

"특식이요?"

소하의 물음에 네 노인의 입가에 웃음이 떠올랐다.

"이 혈천옥은 까마득하게 높은 곳이지. 하지만 이런 곳에도 짐승들이 산다는 걸 아느냐?"

"네?"

소하의 물음에 마 노인이 손을 비볐다.

"여기에 가끔씩 청돈(靑豚)이란 놈들이 나온다. 용맥을 피해 찾아오기도 하지. 지하에 사는 놈들치곤 지상에 있는 돼지랑 육질은 같아."

소하는 눈을 부릅떴다.

손이 절로 떨려올 정도였다.

"그, 그 말은……."

현 노인이 자애로운 미소를 지었다.

"구 노인을 붙잡으면, 돼지고기를 먹게 해주마."

"으앗!"

소하가 짐승처럼 달려드는 것에 구 노인은 펄쩍 위로 뛰었다. 그러자 빙글 허공에서 공중제비를 돌며 바위산 위에 내려앉은 그는, 놀랐는지 가슴을 붙잡으며 후후 숨을 뱉었다.

"놀라라!"

소하는 비척거리며 눈을 번쩍였다.

'고기!'

모든 노인들이 이해한다는 표정을 지을 수밖에 없었다.

"줄창 벽곡단만 먹으면 미쳐 버리지."

"나도 그래서 고기를 먹을 땐 밖에 나왔잖나."

척 노인마저 그리 말했다. 소하 역시 며칠 동안 벽곡단만 와그작와그작 씹고 있으려니 뭔가 제대로 된 씹을 거리를 먹고 싫어 미쳐 버릴 것만 같았던 터였다.

"잡혀주세요! 제발!"

소하가 달려들자, 구 노인은 아하하 웃음을 내며 통통 뛰기 시작한다. 마 노인은 욕망에 사로잡힌 소하의 몸부림을 보며 허어 소리를 냈다.

"사람이란 참으로 약하군."

"뭐… 그렇기에 재밌는 게 아니겠나."

두 사람의 눈이 서로를 향한다. 현 노인과 마 노인이 몸을 돌리자, 척 노인은 입가에 희미한 웃음을 지었다.

"불은 내가 피워놓지."

그렇게 두 노인이 사라진 뒤 척 노인은 따분한 표정으로 소하와 구 노인의 엎치락뒤치락 하는 술래잡기를 바라보고 있었다.

"배고프군."

그는 입맛을 다시며 그렇게 중얼거렸다.

그렇게 혈천옥에서의 시간들이 지나고 있었다.

*　　*　　*

"승부의 세계는 냉정한 법. 앞으로도 무림을 살아가는 데에 있어 반드시 알아야만 하는 진실이다."

마 노인은 지글지글 구워지고 있는 고기들을 바라보며 그리 중얼거렸다. 다른 노인들 역시 고기의 먹음직스러운 냄새에 견딜 수 없다는 표정을 짓고 있었다.

"……."

소하는 땀범벅이 된 채로 바닥에 엎어져 있었다. 구 노인을 잡는답시고 하루 종일 바위산 위를 뛰어다녔기 때문이었다.

"발도… 다 까졌는데……."

"양기를 운용하니, 회복력이 비상식적으로 빠를 거다. 지금쯤 살이 다 올라왔겠지."

척 노인은 무심하게 그리 말했다. 소하는 자신의 발을 빤히 쳐다보다 이내 한숨만 푹푹 내쉴 뿐이었다. 정말 그랬다. 환열심환의 기운은 소하가 다치는 걸 용납할 수 없다는 듯 매섭도록 빠르게 몸을 회복시키고 있었다.

두 노인이 잡아온 청돈은 푸르다는 이름과는 다르게 거무스름한 몸을 가진 돼지였다.

척 노인이 손가락으로 술술 살점을 베어나가자, 현 노인이 자신의 방에서 캐 온 약초들을 솜씨 좋게 돌 위에 늘어놓고 있었다.

"파하초(破夏草)는 불에 구우면 향취가 각별하지."

"음, 이거 고기랑 싸먹으면 맛있겠는데."

"와아!"

다들 기대하며 누르스름하게 구워지는 고기를 바라보고 있었다.

"그런데……."

소하는 힘겹게 고개를 돌려 노인들을 바라보았다.

"불은 어떻게 붙이신 거예요?"

그 물음에 척 노인은 슬쩍 자신의 손을 내보였다.

"내공만 있으면 삼매진화(三昧眞火)는 일도 아니지. 너한텐 아득하니 어려운 일일 테지만."

다른 노인들도 각자 가능은 한 모양이었다. 그것을 본 소하의 머릿속엔 한 가지 의문이 더 떠올랐다.

"할아버지들은… 단전이 망가졌다고 하지 않으셨었어요?"

"그렇지. 여기 들어오면서 모조리 박살 났어."

마 노인이 고기를 냉큼 집어 우물거리며 답했다. 그것에 소하의 표정은 더 아리송해질 수밖에 없었다. 애초에 내공을 모아둘 단전이 없다면, 어찌 내공을 소유하고 있단 것일까?

"인간의 몸에는 경맥(經脈)이란 것이 있다. 내공을 운용하는 개중에 단전에만이 아니라, 경맥에 내공을 스며들게 할 수도 있지. 물론 단전보다는 한없이 적은 양이고, 오래 지속되지도 않는다."

그러나 실력이 뛰어난 이들이라면 어느 정도는 안정적으로 내공을 다룰 수 있다고 말했다.

"그렇게 고이고이 모았던 걸, 널 구하는 데 써버린 작자도 있지."

"허허, 자네도 나중에는 도왔지 않는가."

현 노인의 말에 마 노인은 끙 소리를 낼 뿐이었다. 그것에 소하는 상체를 일으키며 겨우 자세를 잡고 앉았다.

"죄송해요."

그 말에 노인들은 씩 웃을 뿐이었다.

"그럼 지금부터 질문을 하지."

척 노인은 나무를 깎아 만든 젓가락으로 고기를 든 채 중얼거렸다.

"맞추면 한 점 먹게 해주마."

소하의 눈이 번쩍이는 게 보였다. 입에서 벌써 침이 줄줄 흐르고 있는 상황이었다. 당연했다. 평소 유가장에서도 검소한 아버지의 성격 때문에 고기는 특별한 날에만 먹는 음식이었기 때문이다.

"구 노인의 움직임에서 뭔가 배웠느냐?"

척 노인의 말에 다들 기대된다는 표정으로 고개를 돌렸다.

소하는 멍하니 입을 벌린 채 생각을 해보다 이윽고 천천히 말을 이었다.

"땅을 딛는 법이 저랑 달랐어요."

"오!"

구 노인이 짝짝 박수를 치는 모습이 보였다. 척 노인은 그것을 보다 입가에 희미한 웃음을 지었다.

"또?"

"…으음. 제가 잡으려 하면 계속 빙빙 도시던데 제 눈에 들어오지도 않았어요."

"팔방(八方)을 점거하는 보법이니 그렇겠지."

척 노인은 손을 까닥였다. 소하가 좋아라 그리로 다가가자 척 노인은 야채에 싼 고기를 소하에게 넘겨주며 중얼거렸다.

"눈이 제법 괜찮군. 그래, 그게 바로 구 노인의 천영군림보가 무림제일신법이 된 기본이다."

"히히."

"천영군림보에 대한 자세한 설명은 이후 십이능파에게… 듣지도 않는군."

그러는 동안 소하는 우적우적 고기를 씹으며 행복하단 표정을 짓고 있었다. 당연했다. 계속 철옥에서 밥덩이만 먹고 살아온 데다, 벽곡단이 허기를 채워주긴 하지만 입이 심심할 수밖에 없었다.

"와… 맛있다."

소하의 중얼거림에 마 노인은 고개를 끄덕였다.

"가끔씩의 낙이지. 여기다가 술만 딱 있었으면."

"아."

"그건 말하지 마라."

"술 좋아!"

네 노인이 일시에 그런 탄식을 토하자 소하는 어벙벙한 표정을 지을 수밖에 없었다.

"아직 어린 네놈은 모르겠지. 여기다가 진짜, 아… 됐어. 상상해 봤자 더 비참해질 뿐이야."

"금지어를 만드세. 나도 떠오르면 힘드니까."

현 노인의 슬픈 목소리에 다들 고개를 끄덕이고 있는 모습이었다.

"그런데 궁금한 게 있어요."

소하의 질문에 모두의 눈이 그에게로 향했다.

"왜 나가지 않으시는 거예요?"

소하의 물음은 지극히 기본적인 것이었다.

노인들은 내공을 사용할 수 있다. 자신들에게는 미약하다고 하지만, 소하가 보기엔 다른 무인들을 아득히 뛰어넘을 것만 같은 힘이었다.

"나가서 뭘 할 수 있겠냐."

마 노인의 말에 다들 쓴웃음을 지었다.

"시천마에게 진 이상, 나가봤자 아무것도 얻는 건 없지."

"하지만 그때 구멍을……."

현 노인의 눈이 쓸쓸하게 변했다.

"자세한 것은 나중에 이야기해 주마."

그 말에 소하는 아무 말도 할 수 없었다. 다만, 이들이 나갈 수 있는 역량을 가지고 있으면서도 굳이 나가지 않는 것에 대해 의문만이 들 뿐이었다.

"뭐, 일단 구 노인을 붙잡는 게 우선이다. 그걸 성공하면 다음으로 넘어갈 테니."

구 노인도 고기를 입에 잔뜩 우겨넣은 채 씩 웃고 있을 뿐이었다. 소하의 눈이 자연스레 바위 위에 올려져 있는 고기들로 향하자, 다른 이들과 시선을 주고받던 현 노인은 너털웃음을 토하며 말했다.

"동자도 먹거라. 네가 첫 수련을 시작한 기념으로 하자."

"감사합니다!"

소하가 와구와구 입에 고기를 집어넣기 시작하자, 척 노인은 못마땅한 눈으로 소하를 바라보다 이윽고 눈을 들어 올렸다. 서서히 해가 지고 있었다.

"하긴, 많이 먹어둬라."

"네?"

볼이 미어지도록 고기와 야채를 먹고 있던 소하는 척 노인의 말에 고개를 갸우뚱 기울였다.

"그래야 내일을 견디지."

척 노인은 여전히 음산한 미소를 지을 뿐이었다.

* * *

"으으아아아아!"

소하의 비명이 혈천옥에 가득 울려 퍼지자, 척 노인은 콧노래를 부르며 밖으로 나섰다.

"아침을 보내기에 걸맞은 즐거운 목소리로고."

"아, 으아아……!"

소하가 바들바들 떨면서 기어 나오는 모습이 보였다. 상상도 할 수 없는 아픔에 이해를 못하겠다는 표정이었다.

"온몸이 다 찢어질 정도로 움직이고 뛰어다녔는데, 네 몸에 아무런 부하도 없을 줄 알았더냐."

다른 노인들도 땅을 기고 있는 소하를 즐겁게 감상하고 있는 모습이었다.

근육통. 소하는 이런 식으로 전신이 모조리 바늘에 꿰뚫린 것 같은 아픔이 처음이었기에 표정을 제대로 유지하기도 어려운 상황이었다.

"아픔은 환열심환이 낫게 해주지 않는 법. 몸은 괜찮아졌으니 다 허상에 불과한 아픔이다. 견디면서 일어나거라."

현 노인의 말에 소하는 두 손으로 힘차게 땅을 짚었지만, 이내 손목과 팔꿈치에 가해지는 어마어마한 아픔에 비명을 지르며 꿍 하고 이마를 땅에 박을 뿐이었다.

"앞으로도 이런 수련이 계속될 거다. 더 심해지면 심해졌지 편해지지는 않는다."

척 노인은 슬쩍 소하를 바라보았다. 아침을 맞아 다들 벽곡단에 물 한 모금씩을 먹는 중이었다.

"포기할 테냐?"

"아… 뇨!"

소하는 크게 외치며 몸을 일으켰다. 비척대면서 겨우 앞쪽에 도착하자, 구 노인이 씩 웃으며 바가지를 내밀고 있었다.

물을 전부 마신 소하는 푸하 소리를 내며 손을 내렸다.

"열심히 하겠습니다."

"…흥, 사실 이제 와서 포기한다고 울어도 들어줄 생각은 없었다."

척 노인은 그리 말한 뒤 하늘을 올려다보았다.

"오늘도 어제와 비슷하다. 내게 내공심법을 배우고, 광천도와 대련, 그리고 십이능파를 붙잡는 식이지."

"현 할아버지는요?"
소하가 묻자, 현 노인은 수염을 쓰다듬으며 조용히 말을 이었다.
"본인과는 기초가 다 이루어진 이후에 함께하자꾸나. 본인보다는 마 노인이 더 실전에 강하고, 경신법이나 내공심법에 있어서도 다른 노인들이 더 나으니."
"흥."
척 노인은 콧방귀를 뀌며 고개를 돌렸다.
"그런 셈이다."
일단은 기초를 쌓는 게 가장 중요하다는 말이었다.
"어느 정도 걸릴까요?"
그 말에 척 노인은 흐음 하고 턱을 문질렀다.
"원래 보통은 한 십 년쯤 걸리지 않을까."
"그렇겠지."
다들 동의하는 것에 소하의 얼굴이 새하얗게 변할 수밖에 없었다. 십 년 동안이나 기초 수련을 해야 한다는 뜻인가? 당황해하는 그 얼굴이 즐거운 듯 척 노인은 씩 웃으며 말을 이었다.
"하지만 넌 환열심환이란 영약을 처먹었으니, 절반 이하로 시간을 줄일 수 있을 거다. 네가 하는 것에 따라… 이삼 년이면 얼추 기본은 잡겠지."
사실 오 년이라 말하려 했지만, 척 노인은 어제 소하가 보여주었던 움직임이나 안력을 보곤 얼추 짐작할 수 있었다.

소하는 무재(武才)가 있다. 자신이 모를 뿐, 같은 무림인들이라면 누구나가 탐낼 힘.

'자기도 모르는 새에 천영군림보를 따라하고 있다니.'

절로 웃음이 새어 나올 뻔했다.

척 노인은 소하가 축 처진 얼굴로 자기를 쿡쿡 찌르는 마 노인과 구 노인의 손놀림에 따라 흐느적대는 것을 바라보다 입을 열었다.

"필사적으로 노력해라. 누구나 말은 쉽게 할 수 있지. 하지만 결국 성과를 붙잡는 건 노력하는 놈들뿐이다."

"그런가요?"

척 노인은 흔쾌히 고개를 끄덕였다.

"개중 아무것도 하지 않았음에도 뭔가를 얻는 놈들이 있긴 하지. 그러나 그런 놈들은 오래 가지 못한다. 기초가 없고, 자기가 뭘 해서 그런 힘을 얻었는지도 모르니까."

그렇기에 기초 수련은 어느 것보다도 중요하다는 뜻이다. 소하는 척 노인의 말에 수긍할 수밖에 없었다.

"최소 삼 년은 죽었다고 생각하고 따르는 게 좋을 거다."

소하는 손가락으로 나이를 꼽아보았다. 그러면 자신도 열여덟. 네 살 위였던 운현과 가까워지게 된다.

주먹을 꽉 쥔 소하는 고개를 끄덕였다.

"네!"

"위세는 좋군."

척 노인은 픽 웃은 뒤 몸을 일으켰다. 이제 심법 훈련을 다시 시켜야만 했기 때문이었다.

소하는 높은 혈천옥의 천장을 바라보았다.

'나갈 수 있을까?'

노인들이 말해준 것에는 숨겨진 비밀이 있을지도 모른다. 그들은 소하가 무공을 익히는 것에만 관심을 뒀지, 이 혈천옥을 나가는 일에 대해서는 말해주지 않았던 것이다.

하지만 그런 걸로 이들을 채근할 수는 없었다. 때가 되면 말해주리라 생각할 뿐이다.

우선은 강해져야만 한다.

소하는 그런 마음을 먹으며 아까 전 척 노인이 말한 것을 마음에 새겼다.

삼 년.

그 안에 어떻게든 자신에게 떳떳할 수 있게, 기초 수련을 해내야만 했다.

第二章
여조과목

혈천옥은 평소 아무 소리도 없이 고요했다. 아침에는 네 노인들 모두 잘 활동하지 않는 데다, 딱히 할 일이 없는 혈천옥의 환경상 아침잠이 많아진 탓이었다.

그러나 그것도 얼마 전까지의 이야기였다.

현 노인은 바깥에서 들리는 격한 발소리에 살풋 미소를 지었다.

"오늘도 열심이로군."

그는 몸을 일으키며 밖으로 나섰다. 다른 노인들 역시 잠에서 깼는지 모습을 드러내고 있었다.

"다들 일찍 일어나는 게 보기 좋구먼."

현 노인의 목소리에 마 노인은 눈을 비비며 중얼거렸다.

"바깥에서 신명나게 뛰어대는데, 안 일어날 수가 없지."

척 노인 역시 졸린 듯 입을 쩍 벌리며 하품을 해대고 있었다. 하지만 다들 익숙해진 일이었기에 당연하게 걸음을 옮겨 구 노인의 방으로 향하고 있었다.

"이번엔 되려나?"

"저번에는 거의 다 접근했었으니, 수련만 똑바로 했다면 가능할 거다."

마 노인과 척 노인은 서로의 예상을 주고받으며 걸음을 옮기고 있었다. 그 모습에 현 노인은 절로 웃음이 나올 수밖에 없었다. 평소에는 서로 못 잡아먹어 으르렁대던 자들이 바로 이 둘이었기 때문이었다.

"뭘 또 웃냐, 현 노인아."

"백로검은 어찌 생각하지?"

다들 내기를 걸었던 일이기에 척 노인은 눈을 번득이고 있었다. 현 노인은 수염을 쓰다듬으며 고개를 끄덕였다.

"그렇군… 나는 가능하다 생각한다네."

"에이, 고작 이 년 가지고?"

"그 꼬마 놈이 제법 노력하긴 했지."

척 노인은 툴툴거리며 걸음을 옮겼다. 어느새 앞쪽에서는 발소리가 더욱 커지고 있었다. 간간이 두 명이 떠드는 소리까지 들릴 정도였다.

"천양진기를 익히는 데는 익숙해졌어."

"벌써?"

마 노인이 놀란 표정을 지었다. 척위현의 천양진기는 무림에서 심법으로는 타의 추종을 불허하는 힘을 지닌 무공이었다. 그런 것을 그리 빠르게 받아들일 줄이야!

"스승이 뛰어난 탓이지."

척 노인의 말에 마 노인의 눈가가 일그러졌지만, 만박자라 불렸던 그를 부정할 수도 없었기에 그냥 입을 다물 뿐이었다.

"뭐, 결과가 증명해 주겠지."

그 말에 척 노인도 조금 불안하단 표정을 지을 수밖에 없었다. 아무리 잘 가르쳐도 받아들이는 이가 모자라면 가르침이 대성할 수 없다. 그렇기에 그는 초조한 걸음을 빠르게 해 안쪽으로 들어섰다.

그곳에는 수십 개의 바위산이 있었다.

"히히히!"

구 노인의 웃음소리가 울려 퍼졌다. 가만히 그걸 보던 척 노인의 눈이 옆으로 이동했다.

"과연."

타다다닥!

바위산을 짚나 싶더니만 번개처럼 몸을 꺾고 있는 한 소년이 비쳤다. 이제 서서히 키가 크고 몸이 성장해, 소년이라 보기 어려울 정도로 장성(長成)해 있었지만 말이다.

"으잇차!"

소하는 고함을 지르며 손을 뻗었지만, 아슬아슬하게 구 노인의 몸이 비껴져 나가는 통에 그를 붙잡을 수는 없었다.

"아쉽다!"
구 노인은 그리 외치며 바위를 미끄러져 나갔다.
"아직이죠!"
소하는 그리 외치며 쿵 하고 바위를 밟았다.
"음?"
그 순간 마 노인의 눈에 이채가 감돌았고, 척 노인은 비릿하게 웃었다.
소하의 몸이 화살처럼 쏘아져 나갔다. 구 노인의 눈이 동그랗게 변했고, 갑작스레 몇 장을 훌쩍 뛰어넘어 자신에게로 달려드는 소하의 모습에 그는 즉시 몸을 낮추며 발을 휘돌렸다.
하지만 그 순간 소하는 다리를 쓸어내는 공격을 뛰는 것으로 피해냈다.
십이능파 구영무의 천영군림보는 단순한 보법이 아니라, 자신의 방위에서 스스로를 지킬 수도 있는 각법(脚法)이기도 했다.
'그걸 눈치 못 채고 얼마나 많이도 맞았는지!'
소하는 눈에 익은 공격을 피해낸 뒤 바로 내려앉으며 양발에 힘을 줬다.
그 순간 소하의 발이 바위에 파고들며 다리 사이로 뻗어진 구 노인의 다리를 부여잡았다.
"호오. 천근추(千斤錘)!"
현 노인이 감탄하며 그리 말하자, 구 노인 역시 당황해 즉시 다리를 휘둘러 빠져나오려 했다. 소하의 움직임이 생각보다 재빨랐던 것이다.

'이번에 실패하면 기회가 멀어진다!'

소하는 이제까지 구 노인의 방심을 유도하기 위해 며칠 동안을 얻어맞으면서 뒹굴었었다. 자신의 실력이 한층 진보했다는 것을 들키면, 이 영악한 노인들은 기량을 더 높여서 소하를 상대해 왔던 것이다.

그렇기에 이번에는 실력을 숨겨, 구 노인이 기량을 올릴 틈도 없이 붙잡으려 들었던 것이다.

그 순간.

콰아아아앗!

소하는 눈앞에 마치 거대한 해일이 몰아치는 줄 알았다.

허공을 강타하는 발. 가죽으로 된 북이 터지는 소리가 사방에 울려 퍼졌다.

"이런 미친!"

마 노인이 당황해 손을 허우적거리며 뛰어나갔다.

"지금 뭔 짓을 하는 거냐! 애 죽어!"

당황한 구 노인이 그만 소하에게 제대로 일격을 가해 버리고 만 것이다. 입을 쩍 벌린 척 노인과 허허 웃으며 수염을 만지작거리는 현 노인의 모습.

마 노인은 냉큼 앞으로 나서며 먼지가 피어오르는 앞을 주시했다.

천영군림보의 일각(一脚)은 사람의 뼈를 부러뜨리고 살을 터뜨릴 정도로 강력하다. 내공이 적어졌다고 해도 그 살상력은 어디 가지 않는 것이다.

구 노인은 뒤늦게 그 생각이 들었는지 헛 소리를 내며 몸을 일으켰다.

"소, 소하야!"

당황해 소리치는 모습. 마 노인은 혹시나 싶어 먼지 사이를 주시했다.

머리에 맞았으면 두개골이 산산조각 났을 법한 위력이었다. 혹시 피범벅이 된 채로 쓰러져 있을까 싶던 마 노인은, 어느새 허공에서 들리는 목소리에 고개를 들어 올렸다.

"음하하하하!"

소하였다.

그는 종유석 하나를 필사적으로 끌어안은 채 손을 휘적휘적 허공에 놀리고 있었다.

"죽을 뻔했네!"

식은땀을 줄줄 흘리는 소하의 고함에 구 노인은 머쓱한 표정을 지었다.

"노, 놀라서……."

다들 그 모습에 안도의 한숨을 쉴 수 있었다. 소하는 땅에 내려앉으며 이마에 어린 식은땀을 겨우 닦았다.

"정말 세상 하직하는 줄 알았어요."

"나도 그런 줄 알았다. 죽으면 묻기 힘들어."

"그런 문제였군요……."

소하의 중얼거림을 무시한 마 노인은 이내 픽 웃으며 말을 이었다.

"언제 그렇게까지 내공 운용을 하게 된 게냐?"

소하의 내공심법은 아직 그 진척도를 제대로 알 수 없었다. 척 노인은 순조롭다고 했지만, 소하가 겉으로 내보인 적이 없었기 때문이었다.

하지만 지금 본 것으로 다른 노인들도 소하가 천양진기를 확실히 익히고 있다는 사실을 확신할 수 있었다.

"경신의 요령을 얼추 알겠느냐?"

척 노인의 물음에 소하는 자신의 손을 내려다보다 고개를 끄덕였다.

"네. 내공이 있는 걸로 확 달라지네요."

"그래서 심법이 중요하다는 뜻이지. 내공을 다루는 힘이니까."

내공은 어찌 사용하느냐에 따라 활용도가 무궁무진하다. 방금 소하처럼 전체적인 육체를 활성화해 폭발적인 가속을 부여할 수도 있었고, 구 노인의 다리를 붙잡던 것처럼 두 발의 무게를 높여 단숨에 땅으로 파고들 수도 있었다.

척 노인의 눈이 앉은 채로 헤실헤실 웃고 있는 구 노인을 향했다.

"하지만 오늘도 실패군."

소하가 수련을 시작한 지 이 년이 지났다. 빠르게 지나간 시간이었지만, 소하는 분명 수행의 성과를 보이면서 자라나고 있었다.

이번이 바로 시험의 마지막 단계였다. 마 노인과의 실전과 척 노인의 심법 시험을 통과한 소하는 구 노인을 붙잡는 것으로 제대로 된 무공을 배울 수 있었던 것이다. 하지만 이번에도 놓쳤다면 내일을 기약해야만 했다.

그것에 소하는 씨익 웃고 있을 뿐이었다.

"기분 나쁜 웃음을… 설마."

마 노인의 인상이 일그러졌다. 소하는 손을 펴 보였고, 그 안에는 구 노인의 옷자락이 찢어진 채 쥐어져 있었다.

"저번에 분명 현 할아버지가, 옷자락도 허용한다고 했죠?"

"허허, 그랬지."

현 노인이 그리 말하자 마 노인은 한숨을 크게 내뱉었다.

"이런 젠장."

세 노인은 소하가 시일 내에 구 노인을 붙잡을까에 대해 내기를 했었고, 유일하게 패한 마 노인은 축 처진 표정으로 고개를 숙였다.

"한 주 동안 빨래와 밥 조달은 편해졌군."

척 노인의 말에 다들 환한 얼굴이 되어 있었다. 내기에 자신들의 일거리들을 맡겼던 처지였기 때문이었다.

소하는 웃으며 구 노인과 함께 아래로 내려왔다.

"그럼, 이제 합격인 거죠?"

소하의 물음에 척 노인의 눈이 옆을 향했다. 현 노인 역시 고개를 끄덕이고 있었다.

"이제 제대로 된 무공을 알려줄 수 있겠구나."

"굉천도는 빨래를 하느라 바쁠 테니… 백로검이 수고해 줬음 좋겠군."

비웃음이 어린 목소리에 마 노인은 얼굴이 찡그려진 채 칫 하고 고개를 돌릴 뿐이었다.

"그러지. 하지만 그전에……."

"밥 먹고 하죠!"

이제 다 안다는 듯 끼어든 소하의 외침에 모두가 웃음을 터뜨렸다.

*　　　　*　　　　*

밥이라고 해도 현 노인이 캐 오는 약초들과 벽곡단, 그리고 이전 청돈을 잡고 남았던 고기들을 적당히 훈제(燻製)해 먹는 정도였다.

"삼매진화란 건 정말 편하네요. 나는 안 되나?"

"택도 없지. 극양기공(極陽氣功)을 배운다 해도 어려운 기술이다. 우리나 되니까 불 피우는 데 쓰는 거야."

마 노인의 말에 소하는 동의해 보였다. 내공심법을 익히면 익힐수록, 이 노인들이 상상을 초월하는 존재라는 걸 더욱 깊이 느낄 수 있었다.

애초에 단전이 파괴된 무림인들은 내공을 가질 수 없다. 하지만 이들은 경맥에 내공을 조금씩 쌓아나가는 방법으로 약간의 내공을 모았던 것이다.

"그런데… 이렇게 쓰셔도 괜찮나요?"
소하의 걱정스러운 물음에 마 노인은 픽 웃어 보일 뿐이었다. 그것은 이 년간 소하가 가졌던 가장 큰 의문과 연결되는 일이기도 했다.
왜 이들은 혈천옥 밖으로 나가지 않는 것일까? 적어도 소하는 지금 네 노인의 실력이 이전에 보았던 만검천주에게 모자라지 않는다고 생각했다. 그렇다면 나가서도 상당한 힘을 가질 수 있지 않겠는가.
"힘이란 건 모아만 둔다고 해서 다가 아니다. 쓸 때 확실하게 사용해야지."
마 노인의 말에 다들 동의하는 눈치였다.
"하지만……."
경맥에 내공을 쌓는다는 건 단전에 쌓는 것보다 수십 배는 어렵고, 고통마저 따르는 일이다.
그렇게 소중히 모은 내공을 자신을 위해 사용해 줬다는 것에 소하는 마음이 무거울 수밖에 없었다.
"소하 동자가 마음 쓸 이유는 없단다."
현 노인은 일어서며 웃음을 지었다. 이제 그와 함께 수련을 하러 이동할 것이기 때문이었다.
현 노인의 방은 한 번도 들어가 본 적이 없었기에, 소하는 조금 기대된다는 눈으로 성큼성큼 발을 옮겼다.
"키가 많이 컸구나."
한참 작았던 소하가 어느새 어깨가 비슷할 정도까지 성장한 것에 현 노인은 빙긋 미소를 지었다.
"척 할아버지나 마 할아버지에 비하면 한참 작지만요."
아직 그 두 노인과는 머리 하나 정도 차이가 나는 상황이었다.
"시간이 참으로 빠르다는 생각을, 동자를 볼 때마다 하게 되는구나."
수염을 쓰다듬으며 웃은 현 노인은 이윽고 천천히 걸음을 옮겨 안으로 들어섰다.
현 노인의 방 안은 향취(香臭)가 감돌고 있었다. 약초들은 방의 구석진 곳에서 자라고 있는 듯, 코가 시원해지고 눈이 맑아지는 듯한 기분이 들었다.
현 노인은 조용히 방의 가운데로 향했다. 넓은 방, 마치 홀로 수련에 힘쓸 수 있게끔 만들어진 공간 같았다.
그는 목검을 집어 들며 중얼거렸다.
"하지만 이제부터란다."
소하는 던져지는 목검을 붙잡았다.
그리고 그 순간.
숨을 삼킬 수밖에 없었다.
목검을 쥔 현 노인은, 이제까지 소하가 전혀 느끼지 못했던 기운을 전신에서 내뿜고 있었다.
은은하지만 닿는 순간 소름이 돋는다. 소하는 그것이 전의(戰意)라는 것을 희미하게나마 느꼈다.
"본인이 익힌 것은 백연검로(白連劍路). 그 밖에도 세 개의 검이 있지만, 가장 손에 익으면서도 자신 있는 것을 꼽으라면 단연 이 검법이라고 할 수 있다."

소하는 침이 삼켜지지 않는 것을 느꼈다. 두 다리가 마치 달라붙어 버린 듯, 바닥에서 움직이지 않았다.

움직이라고 속으로 비명을 지른 뒤에야 힘겹게 손가락을 떼어 목검을 제대로 쥘 수 있었다.

"정사(正邪) 간의 갈등이 불거진 싸움에서, 나는 셀 수 없는 자들을 베었고 백로검이라는 무명을 얻었지."

그의 눈에서는 알 수 없는 감정들이 흘러나왔다. 소하는 입을 꾹 다물며 현 노인을 주시할 뿐이었다.

"하지만 번민(煩悶)했었다. 왜 싸움이 벌어지는가? 어째서 피와 검을 나눠야만 모든 일들이 끝맺어지는 것일까?"

그의 눈은 허공을 향해 있었다.

과거를 헤엄치고 있었다.

"나는 그래서 천하제일이라 불리는 시천마에게 물었다. 힘이란 무엇이기에 어째서 우리는 싸움에서 벗어날 수 없냐고 말이다. 그는 나보다 강했기에, 내가 보지 못한 세계를 보았으리라 생각했었지."

하지만 시천마 혁무원은 그를 부정했다.

"우리는 싸움 그 자체. 벗어날 수 없는 운명(運命)이지."

"인정할 수 없었다."

현 노인의 눈에는, 아직도 그것에 대한 강한 부정이 담겨 있었다.

"나는 그래서 처음으로 사감(私感)을 담아 검을 휘둘렀고, 그에게 패했지."

현 노인의 입가에는 자조적인 웃음이 떠올라 있었다.

"스스로를 용서할 수가 없었단다. 수백 번, 수천 번 그 싸움을 되새겨 보았지. 하지만 남은 건… 그는 강했고, 나는 약했다는 결과뿐이었다."

그는 검을 들어 올리며 말했다.

"소하 동자야, 네가 배울 것은 패배한 자의 검이란다. 세상을 이기지 못했고, 자신의 감정을 맞부딪쳤음에도 결국 산산이 깨어져 나간 이의 검이지."

스스로를 그렇게 평하면서도, 현 노인의 목소리는 여전히 평온했다.

"그럼에도 나에게 무공을 배우겠느냐?"

소하는 후욱 하고 숨을 들이켰다. 몸에 내공을 운용하니 열이 오르며 조금 안정이 되고 있었다.

"할아버지들이 있었기에 전 여기 있어요."

소하의 말에 현 노인은 가만히 그를 바라보고 있을 뿐이었다.

"시천마는 절 구해주지 않았지만… 할아버지들은 제게 힘을 주신다고 하셨죠."

소하는 빙긋 웃었다.

"그런 말씀 하지 마세요."

"허허."

현 노인은 손가락을 들어 눈가를 문질렀다.

"나이가 드니 눈물이 헤퍼지는 게 느껴지는구나. 그래, 그래……."

이윽고 기운은 다시 모여들기 시작한다.

소하는 아마 이것이 현 노인, 백로검의 진정한 기압(氣壓)이리라 확신했다. 아까처럼 사방을 억압하는 게 아니라, 오히려 창연하게 압축된 기운.

마치 잘 단련된 한 자루의 칼 같았다.

"미혹(迷惑)을 가지지 않는다면, 전수해 주마."

그 순간, 소하는 흰 궤적이 허공을 자르며 쏟아지는 것을 보았다.

"백연검로의 모든 것을."

그는 정말로 만족스러운 미소를 짓고 있었다.

*　　　　*　　　　*

"그래서 신나게 얻어터진 거로군."

척 노인의 말에 소하는 허탈하게 고개를 끄덕여 보일 뿐이었다.

"보이지도 않던데요."

"당연하지. 머리가 좀 커졌다고 해서 우리를 금방 따라잡을 수 있을 줄 알았더냐?"

비웃음이 섞인 목소리에 소하는 으으 하고 신음을 낼 뿐이었다. 현 노인은 정말 거침없이 소하를 공격했고, 내공을 둘러 방어했지만 뼛속까지 울리는 아픔은 그대로였다.

"어떻게 내공으로 막아도 아파요?"

"다 요령이지."

소하는 천양진기를 운용해 내공을 체외로 두를 수 있을 정도로 성장했다. 하지만 여전히 노인들 앞에서는 어린아이나 다름없었다. 마 노인이나 현 노인과 대련할 때면 어김없이 얻어맞는 상황의 연속이었다.

"네가 우리 수준이 되려면 기연(奇緣)이 수십 번은 굴러들어 와야 될 게다."

킬킬거리는 소리에 소하는 신음을 뱉었다. 확실히 무공을 익힐수록 천하오절의 사 인이 얼마나 강했는지에 대해 뼈저리게 느낄 수 있었다.

'시천마라는 사람은 대체 얼마나 셌던 거야.'

내공까지 보유했던 상태의 이들을 모조리 꺾은 시천마 혁무원의 힘은 도저히 상상조차 할 수 없을 정도였다.

"조금만 더 버티다 내려와라."

현재 소하는 물구나무를 선 채, 손으로 몸을 지탱한 상태였다. 내공을 통해 몸의 유지력을 높이는 훈련. 전신이 당기는 아픔에 소하는 인상만 찌푸릴 뿐이었다.

"역위(逆位)에 익숙해지면 갑작스러운 움직임이 편해지지.

이렇게."

"으악!"

소하는 척 노인의 발이 자신의 팔을 걷어차는 순간, 허공에서 빙글 돌며 땅으로 착지했다.

"그렇지?"

"…심장 떨어지는 줄 알았단 걸 빼면요."

소하의 투덜거리는 목소리에 척 노인은 킬킬 웃음을 흘렸다. 그는 예전부터 소하를 골려대는 것을 즐기고 있었다.

"천양진기의 구결은 전부 가르쳤다. 남은 건 시간을 두고 그것을 계속 운용해, 막혀 있는 혈맥을 타통하는 일이지. 내가 이제부터 가르칠 건 내공의 운용을 부드럽게 해주는 일이다."

그렇기에 지금처럼 육체 단련과 내공심법 수련을 동시에 시행하고 있는 것이다. 척 노인과의 수련이 끝난 뒤, 소하는 다시 마 노인에게로 향했다.

"아주 어슬렁어슬렁 늦게도 오는구만."

마 노인은 나무 한 토막을 잘라 그걸로 큼직한 도의 형상을 만들어낸 뒤였다.

소하는 자신에게 던져 주는 목도를 받아 든 뒤 어리벙벙한 표정을 지었다.

"이건 뭐예요?"

"뭐긴, 굉천도법을 익힐 준비물이지."

이제 본격적으로 무공의 초식들을 알려주려는 것이다. 소하는 긴장한 표정으로 목도를 붙잡았다.

"현 영감이랑은 검, 나랑은 도로. 즉 같은 무공으로만 겨룬다. 초식은 하나하나 상세히 알려줄 테니 잘 익혀봐라."

"모르면 어쩌죠?"

소하의 물음에 마 노인은 씨익 웃을 뿐이었다.

"두들겨 맞으면 살고 싶어서라도 익히겠지."

왜 이 노인들은 이리도 가학적이란 말인가! 소하는 그리 탄식하고 싶었지만 일단은 따르는 수밖에 없었다.

"살살 좀… 아이고!"

"적을 앞에 두고 주둥이를 놀리는 놈이 있더냐!"

단숨에 어깨를 얻어맞은 소하는 이윽고 펼쳐지는 번개 같은 도격에 계속해서 공격받아야만 했다.

굉천도법은 패도(霸道)의 무공이다. 일격 일격이 모두 상대를 조각낼 정도의 기세를 가지고 있었고, 총 이십사 초식이 긴밀하게 연결되어 물 흐르듯 전개가 가능했다.

"초반 십이 초식만 잘 써도 약해 빠진 놈들은 목이 달아나지."

소하는 몸에서 연기가 나는 게 아닌가 싶을 정도로 새빨갛게 몸이 부어오른 채 엎어져 있었다. 굉천도법의 십이 초식을 모조리 맞은 탓이다.

"나 죽네……."

"지난 이 년 동안 안 죽었으니 이번에도 쉽게 죽지는 않을 게다."

마 노인의 호언장담에 소하는 한숨을 푹 내쉴 뿐이었다.

그는 영차 소리를 내며 몸을 일으킨 뒤 팔을 툭툭 털었다. 어느새 충격은 거의 사라져 있었다.

"환열심환이 좋긴 좋군."

"아직도 다 흡수하려면 한참 남았다고 하시던데요."

척 노인은 소하의 몸에 스며든 환열심환이 아직도 단전 속에서 잠든 채 나오지 않았다고 말했다. 잠력(潛力)이 되었다는 뜻이다.

"그 힘을 깨우기 위해선 지금처럼 대련의 과정이 필요한 법이지."

"때려 깨우는 거네요."

소하가 목도를 다시 겨누자, 마 노인은 씩 웃음을 지었다.

"그러니 내게 일격이라도 먹여봐라."

내공을 사용한다고 해도 소하의 수준으로는 도저히 노인들을 이길 수 없는 상태였다.

결국 소하는 광천도법의 초식들을 몸으로 잘 익힌 뒤, 비틀거리며 바닥에 쓰러져야만 했다.

어김없이 시간이 되자 방에서 노인들이 걸어 나오는 모습이 보였다. 저녁 시간이 된 것이다.

소하가 벽곡단과 물을 준비하자, 노인들은 앉아서 자연스럽게 소하가 건네주는 것들을 받아 들었다. 처음 수련을 시작한 뒤부터 밥은 늘 함께 먹는 게 일상이 된 것이다.

"오늘은 좀 어땠나?"

"그래도 제법 버티던데. 요혈(要穴)을 피할 줄도 알게 됐고."

"내 가르침 덕이지."

척 노인은 소하에게 혈도에 대해 집중적으로 가르쳤다. 내공이 있는 자들과의 싸움에서는 급소를 늘 조심해야만 한다. 혹시라도 공격이 사혈에 닿았다간 즉시 죽음에 이르기 때문이었다.

아까 전의 싸움에서도 광천도법으로 혈도를 공격하는 움직임에 소하는 필사적으로 사혈을 방어하며 그와 맞섰었다.

"도법의 움직임이 잘 맞더군. 역시 도사 놈들의 칼질보단 내 쪽이 낫지."

"흐음……."

현 노인의 눈이 가늘어지는 것에 소하는 황급히 손사래를 쳐야만 했다.

"아니, 그럴 리가요!"

"내 광천도법이 저 영감의 칼질보다 부족하다 이 말이냐?"

이건 좋지 않다.

소하는 순간 자신에게로 향하는 두 노인의 눈을 보았다. 여기서 어서 답하라는 듯한 모습이었다.

"아니, 그게……."

"시천무검이 최고지."

후루룩 소리가 들렸다. 뒤쪽에서 물을 마시고 있는 척 노인이었다.

"진 놈들끼리 서로 도토리 키 재기 하지 마라."

그 말에 다들 눈을 내리깔 수밖에 없었다. 현 노인이 좀처럼 드물게 우울한 표정을 지었고, 마 노인은 기분이 나쁜 듯 인상을 일그러뜨렸지만 이윽고 한숨만 푹 내쉴 뿐이었다.

"그것도 그렇군."

순식간에 분위기가 우울해지자 소하는 더욱 황급히 이 사태를 타개할 방안을 생각해야만 했다.

쿠르르르릉……!

순간 멀리서 들려오는 진동. 그것에 모두 눈을 들어 올렸다.

"또 울려대는군."

"요즘 자주 이러더라구요."

소하의 말에 현 노인은 척 노인과 눈빛을 주고받았다. 둘만이 아는 무언가가 있는 모양이었다.

"무슨 일이 있나요?"

"네가 알 일이 아니다. 일단 넌 좀 더 수련을 해야 하니까. 지금 상태로는 칼 맞고 금방 죽는다."

"슬슬 무림에 대한 것들도 가르쳐야 하겠군."

"찬성이다."

세 노인이 그리 말하자 소하는 고개를 갸웃거릴 뿐이었다. 요즘 들어 그들은 갑작스레 소하에게 여러 무공들을 일시에 주입시키려는 듯 급하게 행동하고 있었다.

"빨리 먹고 움직이자. 자기 전까지 구 영감한테 천영군림보나 더 배워."

"응! 내가 이번에는 다른 거 알려줄게!"

손을 파락파락 흔드는 모습에 소하는 수상하단 눈빛을 보냈지만, 현 노인과 척 노인은 아무렇지도 않다는 표정으로 벽곡단을 씹고 있을 뿐이었다.

잠시 뒤 소하가 떠나자, 현 노인은 허공을 바라보며 중얼거렸다.

"시간은 참으로 빠르군."

* * *

어두운 전각.

그곳에는 거대한 원탁(圓卓) 하나가 놓여 있었다. 그것에 둘러앉은 이는 다섯. 모두가 무시 못 할 기운을 내뿜고 있는 고수들이었다.

"오랜만에들 보는군."

한 명의 걸걸한 목소리에 옆쪽에 있는 자가 피식 웃음을 지었다.

"시천월교의 방해로 모이기가 어려웠으니."

그들 모두는 현 무림에서 큰 권력을 가지고 있는 자들이었다. 하지만 시천월교의 견제로 인해 서로에게 연락을 할 수 없었던 상태. 그러나 시간이 지나자 조금씩 시천월교의 힘은 쇠퇴해 가고 있었다.

"그럼."

한 노승(老僧)이 조용히 입을 열었다.

"본 승이 여러 대협들을 모이도록 한 이유를 아시겠소?"

그는 바로 구대문파 중 가장 고절하다는 소림사(少林寺)의 훈도 방장이었다. 시천마에게 무림맹이 굴복한 뒤 가장 마지막까지 저항하다 봉문한 소림이었기에, 다들 예우를 갖춰 그에게 말을 이었다.

"다들 감안은 하고 있습니다, 대사(大士)."

덩치가 큰 남자 하나가 입을 열었다.

"이 회동 자체가 월교에게 들킬 가능성은 없소?"

"시천월교는 이미 알고 있을 거요. 아니, 애초에 우리가 모일 수 있던 것 자체가……."

훈도 방장의 눈이 오묘한 빛으로 일렁였다.

"시천월교의 내분 덕이오."

그것에 모두가 당황한 표정을 지을 수밖에 없었다. 이제까지 전 무림을 철저하게 휘어잡고 있던 시천월교가 내부에서 싸움을 일으키고 있다는 것인가?

"그 말씀은……?"

"오대천주의 분란, 그리고 월교 내부에서도 권력을 잡기 위한 싸움이 심화되는 모양이오."

"역시 외세의 종자들. 제아무리 무림을 삼켰다고 해도 본성은 버리지 못하는군."

덩치가 큰 남자가 그리 평하자 훈도 방장은 씁쓸한 웃음을 지었다.

"시간이 흐른 탓이지 않겠소."

그 말에 다들 침묵할 수밖에 없었다. 그의 몸을 본 탓이다.

이전보다 훨씬 말라 버린 육신, 훈도 방장은 이제 예전처럼 강성한 기운을 발출하던 모습이 아니었다.

시천마와의 싸움에서 패한 뒤, 전력을 쏟아낸 훈도 방장은 바싹 말라 버린 형상이 된 채로 돌아왔다. 그것을 본 소림은 너무나 큰 충격을 받아 봉문을 하고 말았던 것이다.

"본승이 초청한 분들은 모두 현재까지 남아 있는 세가와 문파의 대협들이시오."

다들 서로를 둘러보고 있었다. 이 다섯 명을 빼고도 뒤쪽에는 수많은 이가 자리하고 있었다. 지금 이 오 인이 대표가 되었다는 소리였다.

"결정하셨군요."

머리를 길게 기른 남자의 목소리에 훈도 방장은 고개를 끄덕였다.

"제갈세가(諸葛世家)는 소림을 따릅니다."

공손히 포권하는 모습. 이 미남자가 바로 제갈세가의 신룡(神龍)이라는 제갈위(諸葛衛)였다. 그의 목소리에 다들 당황한 표정을 지을 수밖에 없었다.

바보가 아닌 이상 훈도 방장의 말이 무엇을 뜻하는지 알 수 있었던 것이다.

"흥! 드디어 기다리고 기다리던 날이 다가왔군!"

덩치가 큰 남자는 씩 웃으며 외쳤다.

"팽가(彭家) 역시 마찬가지요!"

팽씨세가(彭氏世家)의 가주인 팽역령(彭櫟鈴)은 반갑다는 듯 그리 말했다. 무림에 이름이 높았던 오대세가 중, 시천월교의 공격을 받고 겨우 살아남은 두 세가가 소림의 부탁을 승인한 것이다.

"천협검파 역시 같은 뜻을 지니고 있습니다."

새하얀 무복을 입은 남자는 냉막한 표정으로 그리 말했다. 천협검파의 검주(劍主)를 맡고 있는 서효(徐曉)였다. 쟁쟁한 고수 세 명이 그리 말을 꺼내자, 다른 이들도 당황해 서로를 돌아볼 수밖에 없었다.

훈도 방장은 모두를 돌아보며 단호히 말했다.

"때가 다가오고 있소."

모두의 표정이 굳어졌다. 훈도 방장이 봉문을 풀고 나와 모두를 소집한 것은, 분명 이유가 존재했다.

"시천마는 실종되었소."

그것에 다들 표정의 변화를 보일 수밖에 없었다.

고금제일의 무인인 시천마 혁무원. 그의 존재가 있었기에 모두가 꼼짝 못하고 시천월교를 따를 수밖에 없었던 것이다.

"월교는 속이 비어버린 셈이오. 그렇기에 본승은 이 자리에 모인 무림의 대협들에게 말하고 싶소."

은은한 기운이 훈도 방장에게서 뿜어져 나왔다. 그가 익힌 금강기(金剛氣)가 사방으로 흘러나오고 있었던 것이다.

"지금이야말로 시천월교를 쳐, 무림의 질서를 바로잡아야 하오."

*　　　　*　　　　*

"천양진기는 주로 체내의 기운을 극대화시키는 데에 중점을 둔 무공이다."

소하는 한참 동안 육체 수련을 한 뒤에야 겨우 가부좌를 틀고 앉을 수 있었다. 이전에는 이게 엄청나게 불편했었지만, 지금은 물구나무를 서지 않는다는 것으로도 행복한 일이었다.

"다른 노인들이 내게 널 맡긴 이유는 환열심환의 열기를 순환시키는 데에 내가 가장 알맞았기 때문이지."

확실히 소하는 천양진기의 구결들을 떠올려 보며 고개를 끄덕였다.

천양진기는 순환을 가장 큰 개념으로 삼은 무공이었다. 그렇기에 소하는 쉴 새 없이 소주천을 반복해야 했지만 말이다.

"육체에 부하를 가하는 것으로 그 힘을 증폭시킬 수 있다는 건 배웠었지?"

"네, 아직 제대로는 못하지만요."

천양진기는 극양의 기운과 어울리는 무공이다. 내공을 통해 몸을 강화시키는 데에 있어 양기(陽氣)보다 좋은 것은 없었고, 환열심환은 그러한 양기를 계속해서 공급해 주는 환단이었다.

"무림인들에게 내공이 중요한 이유는, 바로 내공을 통해 육체를 강화할 수 있기 때문이지."

그 순간 척 노인의 온몸에 노란 기운이 감돌았다.

대기가 진동한다. 그가 내공을 순환시키며 서서히 체외로 발출하기 시작한 것이다. 아주 미약한 양, 그러나 내공 순환에 있어 척 노인은 이미 무림의 누구와도 비교할 수 없을 정도의 수준이었기에, 효율적으로 그 힘을 낼 수 있었다.

"천양진기 이식(二式). 이후 사식(四式), 팔식(八式)……. 계속해서 육체를 강화시킬 수 있다."

척 노인의 몸에서 기운이 사라진다. 단전이 없는 그로서는 한계가 있었던 것이다.

"십육식(十六式)까지만 달성해도 무림에서 어깨 펴고 살 수 있을 게다."

소하는 혀를 내두를 뿐이었다. 이제 이식에 도달한 소하로서는 사식이나 팔식도 불가능하다 생각이 될 정도였건만, 그 위가 있다는 것일까.

"천양진기는 정말 대단하네요."

그 말에 척 노인의 입가가 슬쩍 움직였다.

"엇, 웃으셨다!"

"닥쳐라. 건방진 꼬마 놈."

다시 주눅이 든 소하를 바라보던 척 노인은 이윽고 다시 입을 열었다.

"중요한 건 다른 절기들과 잘 섞느냐의 문제지. 앞으로 수련을 할 때에는 계속 천양진기를 운용하면서 해라."

"그러면 위험하지 않을까요?"

소하의 질문에 척 노인은 헛웃음을 흘렸다.

"네놈이 내공이 있으니까, 우리가 네 실수로 죽을까 걱정된다 이거냐?"

"그, 그런 건 아닌데… 살짝……."

소하의 내공은 계속해서 늘어나고 있다. 매일매일이 수련의 나날들인 데다, 노인들의 수련은 이전 자신들이 겪었던 시행착오를 감안해 가장 효율적인 방식으로 소하에게 주입되고 있었기 때문이었다.

"요새 들은 헛소리 중 제일 기가 차는 헛소리군."

척 노인은 옆으로 걸어가더니만, 소하에게 손을 까닥였다.

"삼 초. 덤벼봐라."

요즘 소하는 육체 단련을 빙자해 척 노인과도 대련을 하는 일이 많았다. 갑작스레 이 노인들은 시간이 모자라기라도 한다는 듯, 소하를 계속해서 몰아넣고 있었다.

거절해 봤자 의미가 없다는 것을 알기에, 소하는 숨을 내뱉으며 빠르게 자세를 잡았다.

'그럼, 일단!'

소하의 몸에 노란 기운이 휘몰아쳤다. 천양진기를 개방한 것이다.

땅을 박차는 소리, 소하의 몸이 마치 질풍처럼 공간을 압축시키며 척 노인에게 덤벼들고 있었다. 천영군림보의 기본, 경신법을 펼친 것이다.

"천영군림보의 기본은 극쾌(極快)라기보다 만변(萬變)에 가깝지."

척 노인의 몸에서 일순간 노란 기운이 폭발적으로 터져 나왔다. 천양진기 사식을 발동한 것이다.

공기가 터져 나간다. 소하는 자신이 뻗은 목검이 허공을 맞혔다는 것을 알고는 당황해 눈을 크게 떴다.

"아직 빠르기에 치중하니."

그 순간 옆구리에 충격이 가해졌다. 척 노인은 소하의 목검을 피함과 동시에 그를 그대로 걷어차 버린 것이다.

먼지가 쏟아졌다. 소하는 데굴데굴 땅을 구르다, 손으로 땅을 짚어 그대로 몸을 일으켰다. 두 눈은 당황으로 얼룩져 있었다.

"그렇게 얻어맞는 게다."

척 노인은 기운을 거두며 소하를 바라보았다. 어떠냐는 눈이다.

"제가 바보 같은 걱정을 했네요."

"아직 네놈이 걱정하기엔 오십 년 정도는 이르다."

소하는 하하 웃으며 뻐근한 몸을 풀었다. 내공으로 감싸서 아픔은 없지만, 무방비하게 일격을 허용당했다는 것도 상당한 충격이었다.

'역시 다르구나.'

이제 마 노인과의 싸움에서도 어지간하면 제대로 공격을 맞지 않는다고 좋아했지만, 그건 마 노인이 소하를 봐주고 있었기 때문인 모양이었다.

"다른 자들에게는 잘 배우고 있느냐?"

척 노인의 질문에 소하는 고개를 끄덕였다. 이제 굉천도법이나 백연검로 역시 상당한 초식들을 익힌 뒤였다. 어느새 시간이 쭉쭉 흘러가고 있었던 것이다.

"여조과목(如鳥過目)이란 말이 있지."

척 노인은 바위에 앉으며 그리 말했다. 그는 시간이 날 때마다 소하에게 각종 무림의 이야기들과, 알아둬야 할 지식들을 가르치고 있었다.

"세월은, 마치 새가 눈앞을 스쳐 지나가는 것처럼 빠르다는 말이다."

소하도 동감하는 바였다. 하루가 너무나도 빠르다. 그 모습에 척 노인은 비죽 웃어 보였다.

"나이가 들수록 더욱 그렇지. 지금을 소중히 여겨라. 언제 모든 게 일변(一變)할지 모르는 일이니까."

그 말에 소하는 살짝 입술을 삐죽였다.

"혹시… 무슨 일이 있나요?"

요즘 들어 소하는 계속 위화감을 느끼고 있었다. 마치 노인들이 무언가에 쫓기는 듯, 소하에게 무공들을 이전보다 많이 알려주고 있었던 것이다.

"네가 알 일도 아니고, 걱정할 일도 아니다."

척 노인은 그리 말하며 목을 뚜둑 소리가 날 정도로 비틀었다.

"시간이 됐군. 나가봐라. 계속 내기를 순환시키는 걸 잊지 말고."

"네."

소하가 꾸벅 인사를 하고 나가자, 척 노인은 눈을 들어 소하의 뒷모습을 뚫어지게 바라보았다.

"시간이란 정말로, 끔찍한 놈이지."

*　　　*　　　*

"이제 기절하지 않고 버틸 정도니, 많이 늘었다고 해야겠지."

"하하……."

소하는 국물을 마시며 허탈하게 웃었다. 오늘은 마 노인과의 일전에서 기절하지 않은 기념으로 청돈을 잡아 온 터였다. 광천도법의 수련에 들어가면서부터 소하는 정신을 놓는 순간 바로 기절하는 진귀한 경험을 맛봤었던 것이다.

"원래 내 광명이 있었다면 더 좋았을 텐데. 아쉽군."

고기 조각을 우물거리며 마 노인이 그리 말하자, 소하는 고개를 갸웃거렸다.

"그건 할아버지의 무기 이름이죠?"

"그렇지."

무공은 무기를 통해 극대화된다. 광천도법은 그야말로 도에 특화된 무공이었고, 현 노인의 백연검로는 검에 특화된 무공이다. 지금 간이로 만들어놓은 이 목도로는 제대로 된 위력을 보여주는 게 불가능하단 뜻이었다.

"여기 들어올 적에 무기는 들고 올 수 없게 되었으니. 어쩔 수 없지 않겠나."

현 노인도 내심 아쉽다는 듯 손을 쥐었다 펴고 있었다.
"본인도 백련(白攣)이 보고 싶군."
현 노인의 칼이 가진 이름인 듯싶었다.
"다른 놈들도 잘 지내고 있을지 모르겠군."
마 노인의 목소리에 척 노인은 피식 웃어 보였다.
"그런 놈들을 생각해 줄 필요가 있나?"
"뭐, 그래도 정이란 게 있으니."
툴툴거리는 마 노인의 모습.
소하는 이들이 자신의 과거를 잘 말하지 않는다는 것을 알기에, 옆에서 귀를 쫑긋 세운 채 이야기를 듣고 있을 뿐이었다.
"궁금하면 옆에서 들어라. 정신 사납다."
척 노인의 말에 소하는 히히 웃음을 지었다.
"다들 보고 싶은 이들이 있으니 말이다."
그립다는 듯 현 노인은 고개를 들어 허공을 바라보았다. 보이는 것은 어둑한 돌로 막혀 버린 천장이었다.
"이곳에 오게 된 후 가끔씩 그리움이 들곤 하지."
다들 그렇다는 표정이었다. 평소라면 세상모르고 웃었을 구 노인도 굳은 목소리를 냈다.
"나도! 동생이 있어!"
"그러고 보니 그랬었지."
구 노인은 히히 웃을 뿐이었다. 그들이 어떤 사정이 있는지는 모르는 소하였기에, 가만히 이야기를 듣고 있을 수밖에 없었다.

"나갈 생각은 없으신 건가요?"

그 질문에 다들 허탈한 웃음을 지을 뿐이었다.

"몇 번이고 생각은 했었지. 너와 처음 만난 구멍을 기억하냐?"

마 노인의 물음에 소하는 냉큼 고개를 끄덕였다. 그 구멍에서 처음 이들과 대화했기에 소하는 아직 살아 있을 수 있었다.

"그것도 다 변덕이었어. 처음에는 바깥 공기를 맡고 싶었지."

"잠깐, 구멍을 뚫었다고?"

척 노인만 어이없다는 표정을 짓고 있을 뿐이었다.

"응. 내공으로!"

구 노인의 답에 그는 허어 소리를 내며 고개를 절레절레 저었다.

"그래서 위쪽 소리가 미묘하게 잘 들렸던 거군."

"뭐 그 덕에 이러저러 좋은 일이 있지 않았나. 소하 동자도 만나게 되었고."

현 노인의 말에 소하는 배시시 미소를 지었다.

"하긴, 내 평생에 누굴 가르치는 일은 일어나지 않을 줄 알았다."

마 노인도 고개를 끄덕이는 분위기였다. 잠시 그렇게 서로 이야기를 주고받고 있던 중, 척 노인은 눈을 번뜩이며 소하에게 말했다.

"시간이다. 가서 운기조식하고 있어라."

"네."

소하가 얼른 일어나 척 노인의 방으로 향하자, 척 노인은 국물이 담긴 돌 바가지를 후룩 들이마신 뒤 말을 이었다.

"다들 상황은 알고 있을 거라고 본다."

현 노인은 씁쓸하게 웃었다.

"결국 무림맹이 움직이기 시작하는군."

"그 기생충 같은 놈들. 눈치만 살살 보다 이제야……."

"별수 없지. 그놈들 역시 시천마가 무서웠을 테니."

흐음 소리를 내며 현 노인은 혈천옥의 천장을 올려다보았다.

"그가 정말 사라졌다고 보는가?"

시천마 혁무원은 이들이 생각하기에도 고금제일의 무인이었다. 그가 죽는 모습이 상상으로도 떠오르지 않았다.

"뭐, 우화등선(羽化登仙)이라도 해버렸으면 좋겠어."

킬킬 웃는 마 노인의 모습에 척 노인은 고개를 끄덕여 동의를 표한 뒤, 자신의 의견을 내놓았다.

"시천마가 사라졌다고 해서, 그의 유산마저 사라지진 않겠지."

모두 그것에 동의하고 있었다.

"소하 동자는 어쩔 건가?"

현 노인의 물음에 척 노인은 비릿한 웃음을 지었다.

"백로검, 어설픈 유도는 하지 말게. 아마 우리 모두가 같은 생각을 하고 있을 텐데."

그 말에 머쓱한 웃음을 지어 보이는 현 노인이었다. 과연, 척 노인은 이미 그들이 할 말을 전부 짐작하고 있었다.

"시천마가 죽어서 유령이 되었든, 어딘가에서 은거하고 있든간에 그놈에게 보여줄 수는 있겠지."
척 노인은 당당하게 말을 이었다.
"천하제일이란 이름이 불변(不變)하지는 않는다는 것을 말이야."
"처음 생긴 제자에게 엄청나게 무거운 짐을 안겨주는군."
마 노인이 툴툴거리자 구 노인은 단호하게 말했다.
"소하가 다치지 않았으면 좋겠어."
"우리도 같은 마음일세. 하지만… 이 무림이 그걸 방관할지가 의문이네."
"저 녀석은 내실(內實)이 제법 강골차니, 잘해낼 거다."
척 노인의 말에 다들 웃음을 지었다. 사람을 믿지 않고, 늘 자기 혼자만 살아가던 척 노인이 그런 말을 할 줄은 몰랐던 것이다.
"가혹하군."
마 노인의 말에 모두가 동의했다.
"즐거운 시간은 언제나 너무 빠르게 흘러 버려."
여조과목.
이전 척 노인은 자신이 했던 말을 되짚어보았다. 시간의 경과에 슬퍼하고 있을 여유조차 없었다.
"우리가 할 수 있는 일을 해야겠지."
다들 자리에서 일어섰다.
소하가 없는 이 순간, 그들의 주변을 감도는 기운은 이전과는 달랐다. 마치 그 옛날, 무림을 질타하며 모두의 존경을 받던 천하오절의 사 인이 다시 자리한 듯한 모습이었다.

"그날까지, 최선을 다해 살아가세."

第三章
기회

사방은 침묵 속에 젖어 있었다.

시천월교의 천간루(天干樓)는 천망산 위쪽에 위치해 있는 곳이었다. 수려한 주변 경관을 구경할 수도 있고, 워낙 화려한 시설들이 갖춰져 있는지라 월교의 간부들이 주로 방문하는 장소이기도 했다.

그런 천간루에는 지금 열 명이 넘는 여인이 잔뜩 얼어붙은 얼굴로 서 있었다.

누각의 위에서 알몸으로 바람을 맞고 있는 모습. 부끄러워 가슴과 음부를 감추고 있는 것에 한 남자는 크게 웃음을 내뱉고 있었다.

"뭐가 그리 부끄럽더냐!"

그 외침에 다들 부르르 몸을 떨었다. 지금은 기분이 좋아 보이지만, 그의 기분을 수틀리게 만들면 즉시 목이 날아간다는 사실을 알기 때문이었다.

"허허, 소교주님의 유희(遊戲)는 역시 각별하군요."

한 젊은이가 은근슬쩍 그런 말을 꺼냈다. 모여 있는 자는 다섯 명의 남자. 그 가운데에는 키가 크고 호협(豪俠)하게 생긴 남자 하나가 앉아 있었다.

다만 그 눈에 흐르는 요사한 기운, 그리고 붉은 입술과 흰 피부 때문에 보는 이로 하여금 두려운 기분을 들게 만들고 있었다.

오른쪽 귓바퀴가 반절이 떨어져 나간 모습. 아문 상처 위에는 끔찍한 흉터가 가득했다. 그가 바로 삼 년의 세월이 지난 뒤의 혁월련이었다. 그는 술잔을 기울이며 여인 하나에게 말했다.

"이리 와서 술이나 따라라."

그 말에 시녀 한 명은 냉큼 앞으로 나섰다. 알몸으로 외간 남자들에게 다가가는 게 수치스러웠지만, 목숨을 잃는 것보다는 나았다.

그것으로 끝나는 일도 아니었다. 그녀가 지나가며 술병을 기울이자, 곧 옆에 앉은 이가 손을 뻗어 그녀의 새하얀 앙가슴을 주물럭거렸다.

시비의 얼굴이 수치심으로 붉게 물든다. 하지만 손을 쉬거나 술을 흘리는 순간 그대로 혁월련은 칼을 뽑아 들 것이었다.

"요즘 들어 좋은 계집은 별로 없군요."

혁월련과 어울려 다니는 이 네 명은 월교의 사인방(四人幇)이라 불리며 꽤나 난장을 피우고 있기로 유명한 자들이었다. 모두가 월교의 장로들과 혈연이 있는 후손들이었기 때문이었다.

"잡아오라고 언질을 해놨으니 기다리면 곧 오겠지."

비죽 웃어보인 혁월련은 자신의 앞에서 벌벌 떨면서 술을 따르는 여인의 허리를 손으로 어루만지며 중얼거렸다.

"이 계집도 무가(武家)의 자식이었지만, 결국 이리 된 게 아니겠나."

그것에 여인은 저도 모르게 주먹을 꽉 쥐었다. 그녀 역시 무가(武家)의 딸이었지만, 월교에 의해 가족이 참살당하고 이리로 잡혀오게 된 것이었다.

"마음에 듭니다."

한 남자가 음심(淫心)에 가득 찬 얼굴로 그리 중얼거리자 혁월련은 흔쾌히 답했다.

"밤에 자네 처소로 보내지."

그 말에 여인의 얼굴이 다시금 새파랗게 변했다. 필사적으로 지켜온 순결을 이런 식으로 허무하게 빼앗기게 될 줄은 몰랐기 때문이었다.

"적당히 하시지요."

목소리가 울렸다.

네 명의 고개가 돌아간 곳, 그러자 한 남자가 견디지 못하고 입을 열었다.

"오, 오……."

그곳에는 마치 흑단(黑檀) 같은 검은 머리칼을 길게 늘어뜨린 여인 한 명이 서 있었다. 눈부신 자태, 처음 그녀를 본 느낌을 말하자면 그 정도로밖에 이야기할 수 없으리라.

설부화용(雪膚花容).

마치 겨울의 첫눈을 보듯 새하얀 피부와 빨갛고 도톰한 입술은 저도 모르게 다른 이들의 입을 헤 벌어지게 만들 정도였다.

"이거, 백 소저가 아니시오."

혁월련의 능글맞은 목소리에 여인, 유원은 조용히 고운 아미를 찌푸려 보였다. 그 모습조차도 아름다워 다른 이들은 넋을 놓고 있을 뿐이었다.

"여인을 희롱하는 일을 자제해 주시면 좋겠군요. 소교주."

"그대가 내 것이 된다면 그만두지."

손가락을 까닥거려 보이는 혁월련의 모습에 유원은 조용히 그를 노려볼 뿐이었다.

"그런 무례한 태도로는 영원히 불가능하겠군요."

"하하!"

혁월련은 씨익 미소를 지었다. 마치 맺힌 핏물이 일그러지는 듯, 유원은 그를 바라보는 것만으로 소름이 돋을 것만 같았다.

"세상 모두가 내 아래 있소이다. 나는 시천월교의 소천마, 세상을 다스리는 오롯한 이지."

"그렇다면 더더욱, 그에 걸맞는 격을 갖추셔야 하겠지요."

다른 남자들은 서로 시선을 교환하고 있었다. 유원의 말이 지나치다는 생각이 들었던 것이다. 하지만 아름다운 그녀의 모습을 보자, 입을 함부로 놀릴 수가 없었다.

"하하하하!"

혁월련은 크게 웃어 보인 뒤, 이윽고 손을 저었다. 물러가 보라는 것이다. 시비들이 몸을 가린 채 황급히 누각에서 내려가자 옆을 지나가는 그들을 조용히 바라보던 유원은 이윽고 고개를 숙였다.

"감사드립니다."

"그대의 목소리를 들을 수 있다면 얼마든지."

이윽고 유원은 천천히 몸을 돌려 사라져 가고 있었다. 사인방은 유원이 사라질 때까지 멍하니 그 뒷모습을 바라보다, 화급히 입을 열었다.

"소교주님, 대체 어디서 저런 미인을……?"

그는 웃어 보일 뿐이었다. 백영세가의 여인이라는 말이 함부로 새어 나가선 안 되는 일이었다.

"하지만 너무 콧대가 높은 것 아닙니까? 어찌 소교주님께……."

한 명의 말에 다들 동의하는 모습이었다. 혁월련은 시천월교 내에서 신과도 같았다.

그가 원하면 모든 여인은 옷고름을 풀어야 했고, 모든 무인은 그의 사사로운 일까지 수행해야 했다.

"혹시 어려우시면 그냥 제가 가서 바로……."

“거기까지 해라.”

그 말에 남자는 숨을 죽였다. 혁월련의 눈가에 살기가 등등하다는 것을 눈치챘기 때문이었다.

그는 월교의 수많은 영약을 먹었기에 강한 내공을 지니고 있었다. 사인방의 네 명은 각자 장로들의 배경을 믿고 제멋대로 유흥을 즐기느라 무공조차 제대로 수련하지 못한 자가 태반이었다.

“죄, 죄송합니다.”

그 말에 혁월련은 술잔을 입으로 가져가 쭉 들이켰다.

“너희가 참견할 일이 아니니다.”

모두들 침묵할 수밖에 없었다.

혁월련은 술을 마신 뒤 유원의 모습을 떠올려 보았다. 그녀는 단 한 번도 그에게 제대로 된 웃음을 보여준 적이 없었다.

‘마음 같아선 그냥 겁탈해 버리고 싶지만.’

그녀는 백영세가의 인물이다. 그리고 또한 만검천주 성중결이 그것을 허락하지 않을 것이다.

성중결은 그의 든든한 뒷배경이 되어주고 있지만, 무공을 익히지 않는 혁월련에게 직접적인 잔소리까지는 하지 않았다. 혁월련 역시 성중결에게 밉보이고 싶지 않았기에 최대한 그의 시선을 피해가며 유흥을 즐기고 있었다.

‘뭐, 금방이다.’

월교에서 백영세가를 압박하려 한다는 소식을 들었다. 아비와 어미의 목숨을 두고 홍정을 하면, 유원도 어쩔 수 없이 옷을 벗게 될 것이란 생각에 혁월련은 씩 웃어 보일 뿐이었다.
'시간은 많아.'

*　　　　*　　　　*

"흐음? 네놈은 아무래도 시간이 많은 모양이구나. 지금처럼 그리도 느긋하게 쓰러져 있는 것을 보니."
마 노인의 목소리에 소하는 부르르 떨면서 몸을 일으켰다. 몸은 엉망이 되어 있었다.
"저 방금 정말로 북망산천(北邙山川)이 보인 것 같았는데요."
"멀쩡히 살아 있으니 염려 말아라. 팔다리도 다 달려 있어."
마 노인은 목도로 어깨를 툭툭 두드리며 그리 말했다. 소하는 으아 하고 길게 신음을 뱉은 뒤 고개를 세웠다.
"그게 마지막 초식이에요?"
"그래. 이게 굉천도법의 최절초다."
소하는 방금 보았던 움직임을 다시 떠올려 보았다. 아무래도 지금의 자신에게는 불가능해 보였다. 하지만 눈으로 본 순간, 굉천도법이 얼마나 대단한 무공인지 단박에 알 수 있었다.
"이걸로 전수(傳受)는 끝났군. 다른 쪽도 마찬가지더냐?"
"네. 현 할아버지랑 구 할아버지도 같은 말씀을 하셨어요."
"어느 쪽이 더 나아 보이더냐?"
그 말에 소하의 눈이 가늘어졌다.
"제자의 역량이 미흡하여 천하제일의 무공을 어찌 식별할 수 있겠습니까…….”

이전 이 질문들에 괴로워하는 소하에게 은근슬쩍 척 노인이 알려준 만능의 말이었다. 마 노인은 끄응 소리를 내며 인상을 찡그렸다.

“거 야박한 놈일세. 둘이 있으면 좀 편을 들어줘라.”

“나가서 현 할아버지한테 자랑하실 거잖아요.”

소하가 픽 웃으며 그리 말하자 마 노인도 웃어 보였다. 두 사람은 서로 그렇게 미소를 짓다 이윽고 천천히 몸을 돌렸다. 이제 수련 시간도 끝났으니 다른 사람들을 보기 위해서였다.

“솔직히 이렇게 빨리 따라올 줄은 몰랐다.”

“스승님이 뛰어나신 덕이죠.”

마 노인의 목소리에 소하는 장난스레 그리 답했다. 사실이긴 했다. 그들의 역량이 워낙 높았기에 배우는 게 빨랐지, 홀로 무공을 익혔다면 아마 이것의 일 할도 제대로 익히지 못했을 것이다.

밖에는 어느새 세 노인이 자연스럽게 앉아 음식을 준비 중이었다.

“다 끝났나?”

“얼추.”

척 노인은 고개를 끄덕였다. 그의 예상대로 진전되고 있었던 것이다.

“그럼 이제 우리랑 제대로 겨뤄도 되겠군.”

“네?”

소하가 당황해 되묻자 척 노인은 무슨 소리를 하냐는 표정으로 소하를 바라보았다.

"무공을 배우려면, 일단 정점(頂点)이 어떤지는 알아둬야 할 것 아니냐."

"제가 견딜 수나 있을까요……."

소하의 말에 현 노인은 빙긋 미소를 지었다.

"척 노인의 말은 네가 가진 한계를 보고자 함이란다."

간단했다. 소하가 얼마나 익혔는지를 검사한다는 말. 그러나 소하는 그 말이 가지는 중압감을 알 수 있었다.

"네가 만약 내게 만족스러운 결과를 내놓지 못한다면… 난 크게 실망하겠지. 다들 마찬가지일 거다."

척 노인의 몸에서 노란 기운이 맴돈다. 천양진기를 활성화시키기 시작한 것이다. 그것에 소하도 윽 소리를 내며 온몸에서 노란 기운을 뿜어 올렸다.

"호오."

이제까지 다른 노인들은 각자의 무공이 소하에게 어떤 식으로 녹아들었는지 자세히 관찰해 본 적이 없기에 다들 흥미롭다는 시선으로 옹기종기 모여 앉았다.

척 노인은 천양진기에서 비롯된 지법(指法)이나 내공을 실은 권각을 주로 사용했다.

소하는 손가락에서 쏘아지는 궤적을 보았다.

파아아아앗!

빛이 번쩍하나 싶더니만 열선(熱線)이 무시무시한 자국을 남기며 위로 솟구쳤다.
"빠르군!"
"천영군림보야!"
구 노인이 신나서 손을 흔들어 댔다. 소하는 몸을 잔뜩 낮춘 채 척 노인에게로 쏘아져 나가고 있었다.
발이 허공을 휘돈다. 천영군림보는 단순한 보법만이 아니다.
'일단은!'
소하의 몸이 허공에서 빙글 돌아 그대로 솟구친 발을 척 노인에게로 내리찍었다.
우지지직!
지반이 부서지는 굉음이 들리며 돌 조각들이 솟구친다. 다리에 내공을 불어넣자 마치 철퇴와 같은 파괴력을 보이며 땅을 부숴버린 것이다.
머리를 스치는 손날, 소하는 마치 세 명의 모습으로 분영(分影)하며 동시에 척 노인의 품으로 파고들었다.
천영군림보의 기초적인 보법 중 하나인 삼첩영(三疊影)이었다. 그것에 척 노인은 씩 웃음을 지었다.
"제법!"
그러나 소하는 냉큼 고개를 숙여야만 했다. 척 노인의 발이 무시무시한 속도로 그의 몸으로 습격해 들었던 것이다.
소하는 다급히 목검을 치켜 올렸다.
백연검로가 펼쳐지는 모습.
현 노인은 조용히 그 장면을 바라보고 있었다.

백연검로는 총 여덟 초식으로 이루어져 있다. 이것을 팔로(八路)라 하는데, 이 여덟 가지의 검식을 어떤 식으로 전개하느냐에 따라 공격 방식과 전개가 달라지는 무공이었다.

마치 번개처럼 소하의 검이 허공을 찢었다.

척 노인은 팔로 막아냈지만 이내 몸이 밀려나는 것에 슬쩍 미간을 찌푸렸다. 검에 실린 내공이 생각보다 묵직했던 것이다.

"흡!"

척 노인의 입에서 소리가 터져 나오자, 그 순간 소하는 세상이 뒤흔들리는 감촉을 맛봤다. 순간 그의 몸에서 뻗어 나온 내공이 소하가 있는 공간을 타격한 것이다.

밀려 나가는 몸. 소하는 버티려 했지만, 이내 몸이 뒤집히며 뒤로 날아가 버리고 말았다.

"흥, 제법 하는군. 하지만 아직이야."

척 노인은 옷자락을 턱턱 털며 그런 말을 꺼냈다. 나가떨어진 소하가 일어설 동안 해줄 말들을 생각하고 있었던 것이다.

"이건 예상 밖일세."

현 노인의 말에 척 노인은 픽 웃어 보였다.

"애송이에겐 당연한 일이지. 여기까지 응용한 것만 해도……."

"여기서 다시 덤벼올 줄이야."

그 말에 척 노인의 눈이 뒤를 향했다.

그곳에는 소하가 있었다.

그는 날아가는 순간, 땅에 떨어진 마 노인의 목도를 붙잡았다. 땅을 긁으며 느려지는 것에 즉시 땅을 박차 척 노인에게로 달려들고 있었던 것이다.

"으랏차아아아!"

"흠… 잘도 버텼군."

그는 몸을 돌리며 빠르게 선양지를 발출했다.

순간 소하의 몸은 마치 안개처럼 사라져 버렸고 옆쪽에서 잔상들이 합쳐지며 몸을 이룬다.

척 노인의 눈가가 꿈틀거렸고 소하는 그것을 보며 씨익 웃었다.

"극쾌가 아니라……!"

그대로 내공을 불어넣은 채 앞으로 뛰었고, 소하의 몸은 네 개로 나뉘며 동시에 도를 들어 올렸다.

"만변이라 하셨죠!"

천영군림보의 묘리(妙理)는 바로 극심한 변화에 있다. 소하는 그러한 방식으로 선양지의 공격을 피해낸 뒤, 목도를 세게 치켜들었다.

굉천도법.

순간 허공을 모조리 갈라 버릴 것만 같은 섬뜩한 도격이 척 노인에게로 퍼부어졌다.

* * *

"반 시진이나 대련하다니, 정말로 많이 늘었구나."

현 노인의 감탄사에 소하는 꿈틀거리며 겨우 몸으로 대답을 했다. 척 노인은 소하의 굉천도법이 펼쳐지는 순간, 온몸에서 내공을 쏟아내며 그대로 소하와 맞서 싸웠던 것이다.

"척 노인이 천양진기 사식을 발동하도록 만들었다는 건 엄청난 수확이지."

현 노인이 그렇지 않느냐며 옆을 바라보자, 척 노인은 부끄러운지 흠흠 소리를 내며 헛기침을 하고 있었다.

"아무리 내가 단전이 철폐되었다고는 해도 생각보다 제법이었다."

"일방적으로… 얻어맞은 것 같은데요……."

"입은 잘도 살아 있군."

마 노인의 말에 다들 미소를 지을 뿐이었다.

"초식을 꽤나 잘 익혔어. 그래도."

굉천도법의 움직임을 잘 살린 공격이었다. 다만 척 노인이 상상을 초월하는 괴물이었던 것뿐이다. 소하는 그러나 맥없이 한숨을 뱉었다.

'제대로 상대해 주시면 아직도 차이가 엄청나네.'

대련할 때에는 상당히 봐주고 있다는 뜻이다. 소하가 그렇게 풀죽어 있을 무렵, 현 노인은 소하에게로 다가가 손을 뻗었다.

"무공을 익힌 시간에 차이가 있으니 조바심은 좋지 않단다."

"얼씨구? 새빨갛게 어린놈이 초조해하기는, 크하하!"

마 노인의 웃음에 소하는 부끄러운지 얼굴을 빨갛게 물들일 뿐이었다. 키가 크고 근골이 단단해졌어도 아직 그들에게 있어 소하는 처음 만났을 때의 어린애와 같아 보이는 모양이었다.

"오늘 수련은 여기까지 하자꾸나. 잠시… 이야기를 할 시간이다."

원래라면 더 대련을 해도 되지만 현 노인은 빙긋 웃으며 소하에게 그리 말했다. 다른 노인들도 군말 않고 각자의 방으로 들어서는 모습이었다.

둘만 남게 되자 소하는 고개를 갸웃거렸다.

"무슨 이야기요?"

"마침 달빛도 드리우니 운치가 좋겠구나."

주변을 정리한 뒤 현 노인은 소하와 마주 앉으며 그의 눈을 바라보았다.

현 노인의 눈은 소하의 마음을 편하게 만들어주는 현묘한 기운을 흘리고 있었다. 그는 항상 그랬다. 이상하게 주변에 있으면 기이한 청량(淸涼)함과 함께 편안한 기분이 들었다.

"누구나 마음속에 여러 감정들을 품고 있지."

현 노인은 허공을 올려다보았다. 달빛이 희미하게 비치며 혈천옥의 내부로 스며들고 있었다.

"초조하느냐?"

자신을 겨누고 한 말이다. 소하는 잠시 입을 삐끔거리다 이윽고 작은 목소리로 중얼거렸다.

"네, 할아버지들만큼… 제가 훌륭하지 않으니까요."

네 명은 모두 천재라고 할 수 있을 만큼 뛰어난 자질을 지닌 이들이었다. 그렇기에 그들은 무공을 익혀 무림에서 천하오절이라는 절대자의 영역에 들 수 있었던 것이다.

"누구의 기준이더냐?"

현 노인은 여전히 활기찬 목소리로 말하고 있었다. 소하가 눈을 들자, 그는 다시 목소리를 냈다.

"소하 동자가 말하는 기준은 소하 동자가 보기에 모자란 자신에 대해 초조함이 드는 것이더냐. 아니면… 우리의 기대에 네가 부응할 수 없을 것만 같아 자신을 책망하는 것이더냐?"

소하는 눈을 크게 떴다. 노인의 말을 곰곰이 곱씹어보았다.

"기대에 부응할 수 없을 것 같아서요."

그랬다. 소하의 걱정은 노인들의 기준에 자신이 미치지 못할까 두려웠던 것이다. 소하의 대답에 현 노인은 미소를 지으며 수염을 쓰다듬었다.

"누구나 타인을 신경 쓰게 된단다. 관계(關係)라는 것은 그런 것이다. 소중하고 따스하면서도 한없이 자신을 얽매는 족쇄가 되기도 하지."

족쇄. 소하는 자신을 얽매고 있는 수많은 마음을 느꼈다. 그럴 수밖에 없었다.

평소 현 노인과 자주 이런 문답을 주고받긴 했지만 소하는 오늘 무언가 그의 분위기가 다르다는 것을 느꼈다.

"타인을 질시하지 말거라. 그가 가는 길과 네가 가는 길은 같지 않으니, 그가 너를 앞서간다는 생각 자체가 옳지 않단다."

"하지만… 무림은."

소하는 무공에 대한 걱정이 일었던 것이다. 노인들은 분명 엄청난 힘을 가진 무인들이다. 하지만 소하가 그에 미치지 못한다면? 자신뿐만 아니라 노인들의 이름에도 먹칠을 하는 꼴이었다.

"그들을 보내주거라."

"네……?"

소하가 빤히 자신을 쳐다보는 것에 현 노인은 손을 뻗어 소하의 머리를 쓰다듬어 주었다.

"소하 동자야. 너를 앞서가는 이들은 분명 존재할 게다. 우리도 그러했지."

시천마.

마 노인과 척 노인은 아직도 그 이름을 들으면 이를 간다. 하지만 그들 역시 불같은 분노를 표하기보다는 한숨을 푹 쉬며 다시 자신의 수련에 임할 뿐이었다.

그들은 단전이 망가진 상태에서도 수련을 절대 멈추지 않았다. 오히려 더 열심히 해야 한다는 듯, 노인의 나이임에도 땀을 흘릴 뿐이었다.

"진정 넘어서야 할 상대는 과거의 자신이란다."

소하는 침묵한 채 현 노인을 바라보고 있을 뿐이었다. 아직 어린아이, 그렇기에 현 노인의 말이 무슨 뜻인지를 잘 이해하지 못한 것이다.

하지만 전한 것으로도 충분하다.

현 노인은 미소를 지으며 허리를 폈다.

"처음 혈천옥의 입구에서 만났을 때, 내가 했던 말을 기억하느냐?"

그 말에 소하는 냉큼 고개를 끄덕였다.

"네."

한 순간도 잊을 수 없었다.

세상 모두가 자신에게서 멀어져 버린 것 같았던 그때, 소하는 자신을 끌어안아 준 현 노인의 감촉을 생생히 기억하고 있었다.

"세상 모든 것은 인연."

"네가 와준 덕에 우리는 달라질 수 있었단다."

현 노인은 장난스레 고개를 돌려보았다.

자신의 방으로 들어가는 복도의 어둠 속, 노인 세 명은 모두 그곳에 몸을 기댄 채 현 노인과 소하의 대화를 듣고 있었다.

쿠르르르르……!

다시 어딘가에서 들려오는 소리. 소하가 고개를 들어 올리자, 현 노인은 빙긋 웃으며 말했다.

"소하 동자야."

"네?"

혈천옥을 울리는 소리. 천장 위쪽에서 무언가가 일어나고 있는 듯, 무거운 소리들이 계속해서 전해지고 있었다.

"나가고 싶느냐."

소하의 눈이 동그랗게 변했다.

답을 하지 못했다.

입을 꾹 다문 소하의 앞에서 현 노인은 자애롭게 미소를 지었다.

"본인은, 아니… 우리 모두는, 너를 이곳에서 나가게 해주고 싶구나."

*　　　　*　　　　*

"요즘 지진이 잦아졌어."

월교의 무인 한 명은 투덜투덜거리며 그리 중얼거렸다. 철옥이 있는 곳의 감시는 주로 오균을 비롯한 소수의 무인들이 돌아가면서 맡는 법이지만, 이번에는 오균이 바빠져서 다른 곳의 무인이 자리를 대신하는 것이다.

그는 한 번도 철옥까지 내려가 본 적이 없었기에, 옆에 있는 동료와 투덜거리며 걸음을 옮겼다.

"시천월교라고 해서 좀 기대했는데, 이런 말단직이나 하고 있으니."

"무공도 알려준다니 뭐 어때."

그들은 모두 시천월교에 빠르게 입교(入教)한 자들이었다. 자신의 문파나 세력을 배신하고 붙은 자들, 시천월교의 간부들은 이러한 이들을 정치적으로 이용하기 위해 많이 받아들이고 있었지만, 막상 그들이 바라던 대접은 해주지 않는 상황이었다.

철옥의 작업장은 한층 피폐해진 상태였다. 계속되는 작업과

고된 환경 때문에 인원수도 줄어들어 있었고, 월교 내부의 분란 때문에 그들에게 제대로 된 식사란 기대하기도 어려운 일이었다.

"빨리 움직여! 쓰레기 같은 놈들!"

무인은 그렇게 고함을 질렀다. 그러자 허둥지둥 움직이기 시작하는 수인들. 그는 그것을 즐겁게 바라보다 이윽고 수인들이 나온 작업장 쪽으로 걸음을 옮겼다.

그곳에는 거대한 굴이 마련되어 있었다.

"이런 땅굴은 또 왜 파는 거지?"

"높으신 분들 생각을 어찌 알겠어."

서로 그렇게 말을 주고받으며 걷던 중, 앞서가던 무인은 고개를 갸우뚱 기울였다.

"이상하네. 이거 어딘가로 통해 있는 것 같잖아?"

그 증거로 그는 희미하게 들어오는 바람 소리를 옆쪽의 무인에게 들려주었다. 그 역시 그걸 듣고는 이상하다는 표정을 짓고 있었다.

"뭐 비밀 통로나 그런 거 아니겠어?"

그 순간.

우지지직!

무인은 옆에 있던 동료의 목이 가슴 아래까지 내려앉는 것을 보았다. 어둠 속에 숨어 있던 한 남자가 수도(手刀)로 그의 목을 내려쳐 버린 것이다.

"뭐, 뭐야……!"

"당신에게는 미안하게 되었습니다만."

그는 등에 닿는 누군가의 감촉에 황급히 눈을 돌리려 했다.

그곳에는 긴 머리의 미남자가 서 있었다.

"아직 이곳을 들켜서는 안 됩니다."

빙긋 웃는 모습. 그리고 놀란 무인의 목이 옆으로 꺾어지며 그대로 숨이 끊어져 버렸다.

"피를 묻히지는 마시길."

미남자, 제갈위의 말에 팽역령은 픽 웃음을 지었다.

"그래서 굳이 도를 안 쓰고 맨손으로 죽였잖나."

그는 척척 죽은 시신들을 옆으로 치운 뒤, 그들의 옷을 벗기기 시작했다.

"이들은 모두 말단에… 얼굴도 제대로 알려지지 않은 모양이라더군요."

"흐음, 좋아."

이미 시천월교 내부에 내통자는 존재하고 있었다. 그들은 받은 정보대로 월교의 무인들이 입고 있던 옷과 패(牌)를 꺼내 옆쪽의 사람들에게 넘겨주었다.

"이렇게나 잠입하기 쉬워지다니."

팽역령은 미간을 찌푸리며 그리 중얼거렸다. 그는 이전 시천월교의 동란 때 누구보다 앞에서 싸웠던 이였다. 그렇기에 그 무시무시했던 시천월교에 빈틈이 보인다는 것에 복잡한 기분이 들고 있었다.

"우리에게 이보다 더한 기회는 없겠지요."

제갈위는 조용히 어둠이 가득한 굴을 둘러보며 중얼거렸다.
"지금이야말로 모든 것이 바르게 돌아갈 때입니다."

*　　　*　　　*

소하는 조용히 바위에 걸터앉아 있었다.
'나간다라…….'
쉽사리 대답하지 못했다. 우물쭈물거리는 소하의 앞에서 현 노인은 웃어준 뒤, 이내 소하의 어깨를 툭 두드리고는 일어나 버릴 뿐이었다.
'이상해.'
평소에는 이곳을 나갈 날만을 손꼽아 기다렸었다. 무공을 익히고, 예전과는 다른 자신이 되어 집으로 돌아가고 싶었다. 그러면 형을 죽게 한 자신이, 조금이라도 집안에 도움이 될 것이라 여겼기 때문이었다.
그런데 막상 그 말을 눈앞에 접하자 머리가 새하얗게 변해 버렸다.
소하는 주먹을 쥐었다 펴며 고개를 들어 올렸다. 아득하게 높은 천장. 그 위에는 꿈에도 그리던 바깥 공기가 있을 터였다.
"수련할 준비냐? 성실하군."
척 노인의 목소리에 뒤를 돌아본 소하는 그가 터벅터벅 걸어 나오는 것에 목례하며 바로 말을 이었다.
"현 할아버지에게 들은 말 때문에요."

"나가는 거?"

척 노인은 옆에 놓인 물을 들이켜며 그리 물었다. 이미 그들끼리는 서로 대화가 끝난 모양이었다.

"뭐가 문제지? 갑작스레 여기에 애착이라도 생긴 게냐?"

척 노인에게는 이해가 되지 않는 일이었다. 아무리 편하다 해도 이곳은 감옥이다. 감옥에 갇혀 있느니 자유로운 세상으로 나서는 게 소하에게는 더 반가운 일일 것이라 생각했기 때문이었다.

소하는 침묵한 채 척 노인을 바라보고 있었다. 그러자 척 노인은 픽 웃음을 내보이고는 옆으로 걸어가며 목을 비틀었다.

"아니면, 무서워져서 그러냐? 아직 꼬마 같은 면이 생생하게 남아 있군."

"할아버지들은."

소하의 목소리에 척 노인은 슬쩍 눈을 돌렸다.

"할아버지들은, 그러면 어쩌실 건가요?"

바로 그것이 걱정이었다. 소하는 일찍이 이 노인들이 혈천옥에서 나갈 생각이 없다는 것을 알고 있었다. 무슨 이유에서인지는 몰라도, 그들은 이곳의 생활에 만족하고 있는 모양이었다.

척 노인은 더벅머리를 벅벅 긁었다.

"오지랖도 넓은 꼬마로군……. 그게 걸려서 똥 씹은 얼굴이 됐다 이거냐?"

그는 한심하다는 듯 소하를 바라보다 이윽고 그의 옆에 앉았다.

“멍청하디 멍청해. 남을 생각해 주는 그 꼴로는 이 무림에서 살아남기란 글렀다.”

“그런가요.”

소하의 중얼거림에 척 노인은 가만히 침묵하다 입을 열었다.

“하지만 그게 옳아.”

그 목소리에는 한 점의 망설임도 없었다. 척 노인은 말을 꺼낸 뒤, 목을 조금 울리다 말을 이었다.

“누구나 알고 있지. 옳은 길이 무엇인지, 어떻게 하면 내가 바른 길로 나아갈 수 있을지. 다만 억지로 외면할 뿐이다.”

마치 자신의 이야기를 하는 듯했다. 소하는 노인들의 과거에 대해서 많이 묻지 않았다. 그저 구 노인에게는 형제가 있었고, 현 노인은 그를 따르는 제자들이 많았다는 것 정도일까.

“상황이 급박해서, 누구나 다들 그렇게 하니까. 혹은 남들처럼 해야 손해를 보지 않으니까. 정도(正道)를 외면하지.”

척 노인은 소하를 바라보며 씩 웃었다.

“그렇지 않더냐? 어느 누구도 약하고 어린 네가 그 혈각호에게 먹히는 걸 바라지는 않았을 거다. 하지만 네가 잡혀갈 때 그 누구도 자신이 대신 나서지는 않았지.”

영보를 제외하면 그랬다. 다들 두려웠기 때문이었다. 죽음은 무서운 일이다. 그렇기에 다들 숨을 죽이고 혁월련의 눈에 들지 않으려 애썼다.

“그들을 비난할 수는 없는 일이다. 그런 상황에서도 꿋꿋이

제 길을 걷는 놈을 칭찬해야지."

척 노인은 깊게 한숨을 내뱉었다.

"내 아들은 그렇기에 죽었다."

소하의 몸이 꿈틀거렸다. 이 괴팍한 노인이 처음으로 뱉어낸 자신의 과거였다.

"멍청한 놈이었지. 사필귀정(事必歸正), 정협일로(正俠一路)라는 말을 입에 달고 살았었어."

그의 눈은 과거를 헤매는 듯 안타까웠다.

"그러다가 죽었다. 믿었던 이들에게 배신당해 등을 찔렸지."

한심한 놈이라고 중얼거리는 척 노인의 입가에는 씁쓸한 미소가 묻어 있었다.

"시천마 놈이 이끄는 마교의 잡놈들이었다."

소하는 눈을 크게 떴다. 척 노인의 시천마에 대한 분노. 그 기저(基底)에는 그러한 일이 있었단 말인가.

"내 생애 처음이었다. 평소 모든 걸 계산하고, 절대 감정에 휩쓸리지 않는 만박자 척위현이란 자가… 가로막는 놈 모두를 날려 버리면서 천하제일이란 작자에게 덤벼든 건 말이야."

그는 흐흐, 하고 웃음을 흘리며 중얼거렸다. 그러나 소하는 마치 척 노인이 견딜 수 없어 하는 것처럼 보였다.

"결국 이 모자란, 정도를 알면서도 그걸 외면한 채 수십 년을 살아왔던 늙은이는 자식의 복수도 할 수 없었다. 형편없이 패배하고 단전도 잃은 채 이 땅굴에 갇혔지."

그는 천장을 올려다보며 말을 이었다.

"그게 잘못이었다는 걸 알고 있었는데. 나는 자기 자신을 속인 얼간이었다."

"할아버지……."

소하를 슬쩍 바라본 척 노인은 이내 평소의 음산한 웃음을 보였다.

"그러니 이제 발을 내디디려는 네놈에게는 꼭 말해주고 싶었다. 조금은 융통성도 가져라. 강직(剛直), 고고(孤高)는 좋아. 하지만 부러지고, 결국 혼자 남아버릴 수도 있는 일이니까."

척 노인은 소하의 머리에 손을 얹었다. 가볍게 쓰다듬는 손.

그는 마치 과거를 바라보는 듯 아련하게 소하를 쳐다보고 있었다.

"그래서 우리들은 널 내보내려는 거다."

"흠, 흠."

척 노인은 그쪽을 바라보지 않은 채 입을 열었다.

"듣는 건 옛날 옛적에 다 알았으니 나와라. 숨어 있어 봤자 내가 더 꼴사나워져. 예전부터 느끼는 건데, 숨어서 엿듣는 걸 정말들 좋아하는군."

"거 분위기를 모르는 영감이야."

"이제 시간이 없으니까."

마 노인이 걸어 나오자 척 노인은 희미하게 웃음을 지었다. 소한이 고개를 갸웃거릴 뿐이었다.

'시간?'

뒤쪽에서는 구 노인과 현 노인도 함께 걸어오고 있었다.

"우리가 할 말을 척 노인이 다 해버렸군."

마 노인은 소하의 앞에 서며 눈을 부라렸다.

"우리 걱정 따위를 네가 왜 하냐? 아직도 몇 수면 날아가 나뒹구는 널 걱정해야지."

"윽……."

소하가 당황해하자 이내 현 노인은 허허 웃음을 토했다.

"소하 동자는 참으로 마음이 여리구나."

질책이 아니었다. 오히려, 그들은 그렇기에 소하에게 자신들의 무공을 넘겨줄 생각을 했었던 것이니까.

"창창한 나이에 여기서 썩지 마라. 여자도 만나보고, 술도 마셔보고, 무림도 즐겨봐야지. 너 여자는 한 번도 만져본 적 없지?"

"네··· 네?"

소하의 얼굴이 곧 빨갛게 물들었다. 이전, 유원과 실랑이를 하다 함께 엎어졌던 일이 떠올랐던 것이다. 아직도 손아귀에 감돌았던 그 부드러운 느낌이 잊혀지지 않았다.

빨개진 소하의 얼굴에 마 노인의 미간이 찡그려졌다.

"얼씨구?"

"흐음··· 색정(色情)이 보이는도다."

현 노인마저 엄중한 시선을 하는 것에 소하는 황급히 손을 내저었다.

"아니에요! 무슨 그런 말씀을!"

"뭐, 아니면 됐고. 남자로 태어났으면 칼도 휘둘러 보고, 사랑도 팍팍 해봐야지."

"참고로 굉천도는 부인이 없었다."

"이런 미친!"

척 노인에게 칼을 휘둘러대려는 마 노인을 진정시킨 현 노인은 이내 눈을 돌리며 소하에게 말했다.

"척 노인의 말처럼 우리는 네가 올곧게 무림을 바라보길 원한단다."

"하지만… 모르겠어요."

소하는 땅을 내려다보고 있었다. 아직도 여러 생각들이 선했다. 피범벅이 된 채 숨이 끊어지던 운현의 모습. 그리고 땅바닥에 덩그러니 남아있던 영보의 손. 소하는 그런 것들을 생각할 때마다 가슴 속에서 불길이 일렁거리는 것만 같았다.

"우린 네게 해탈(解脫)을 하라든가, 보살이 되라든가 하는 말이 아니다. 화가 나면 화를 내야지. 죽일 놈은 죽여. 거슬리면 목을 날려 버려야……."

"흠, 흠."

현 노인의 팔꿈치에 마 노인은 윽 하고 말을 멈추더니 이내 단어를 다잡고는 다시 말을 이었다.

"뭐 중요한 건, 마음에 품은 뜻을 외면하지 말라는 거다."

하지만 마음속에 쌓인 이 감정들을 모조리 쏟아낸다면.

소하는 운현을 베던 자를 기억하고 있었다.

그자와 자신은 같아지는 게 아닐까?

그것이 두려웠던 것이다.

"세상에는 여러 일들이 있단다. 때로는 네 몸을 저미는 삭풍(朔風)이 다가오기도 할 것이고, 차디찬 암야(暗夜)가 보일 수도 있겠지."

현 노인은 조용히 미소를 지었다. 그는 천천히 손을 뻗어 소하의 몸을 감싸 안았다.

"그러나 아픔은 지나게 마련이고, 어둠은 곧 달빛에 환해지게 마련이란다."

사람의 온기.

소하는 익숙하지 않은 그것에 잠시 몸을 떨었지만, 곧 누군가가 자신과 함께 있다는 것이 얼마나 행복한 것인지 알 수 있었다.

가슴 안쪽이 꽉 채워지며, 아픈 감정들이 모조리 녹아버리는 느낌이었다.

"광풍제월(光風霽月)."

이전에 현 노인에게 문자를 배울 때에 소하가 들었던 말이었다.

"오로지 마음이 따르는 길을 걷거라."

소하는 이해할 수 없었다. 갑작스레 이들은 왜 이런 말을 자신에게 해주는 것일까?

쿠르르르릉……!

지진이 울렸다. 그러나 소하는 지금 울린 지진이 이제까지와는 다르다는 것을 느낄 수 있었다.

땅울림이 더욱 커진다. 그리고 어디선가 폭발이라도 일어나고 있는 듯, 돌 조각들이 후두둑 떨어져 내리는 소리가 들리고 있었다.

"시간이군."

"구 영감, 안내해라."

"응!"

펄쩍 뛰며 앞으로 걸어가는 구 노인의 모습에 당황한 소하는 그쪽을 바라보았다. 어느새 마 노인도 목도 하나를 챙겨 든 채 나서고 있었다.

"마 할아버지! 지금 대체……?"

"눈치도 없는 놈."

마 노인은 툴툴대더니만, 이내 복잡한 눈으로 소하를 바라보았다.

아주 잠시였지만 그것은 소하의 마음에 격동을 일으키는 눈빛이었다.

"이제 때가 됐다."

"무림맹도 전력을 다하겠지."

척 노인이 답하자, 마 노인은 목도를 든 손을 올려 보였다.

두 노인은 서로의 주먹을 척 부딪친 뒤 말을 이었다.

"믿도록 하지."

"하, 걱정할 필요야 없다."

그렇게 마 노인은 구 노인과 함께 나서고 있었다. 소하가 당황해 눈을 옆으로 돌리자, 현 노인은 그들의 뒷모습을 아련하게 바라보고 있을 뿐이었다.

"하, 할아버지……?"

소하의 물음에 현 노인은 조용히 답했다.

"이제 갈 때란다."

"네?"

소하의 당황스러운 물음에 척 노인은 음산하게 웃었다.

"준비해라, 꼬마."

그의 몸에서 은은한 내공이 흘러나오고 있었다.

"여기서 나간다."

第四章 탈출

진동은 점점 심해지고 있었다.

"뭐지?"

이제 지진이라고 생각하기 어려울 정도였다. 계속해서 울려대는 소리, 무언가가 폭발하는 게 아니고서야 이런 식으로 진동이 일 리가 없었다.

"지하에 무슨 일이 있는 건가……?"

당황한 무인들의 모습을 가만히 둘러보던 냉옥천주 미리하는 이윽고 인상을 찌푸렸다. 그녀에게도 이 진동은 명백히 수상한 것이었다.

'철옥 쪽인가?'

이전 환열심환을 발견했을 때의 진동보다 더 심하다. 그녀는 결국 사태를 알아보기 위해 부하를 내려 보내기로 마음먹었다.
그 순간.
"내, 냉옥천주님!"
안으로 들어서는 한 무인의 모습이 보였다. 다급하게 달려온 듯 예의도 제대로 갖추지 못하고 황급히 무릎을 꿇는 모습이었다.
"지, 지하에서 싸움이 일어났습니다!"
"뭐?"
미리하의 눈가가 찌푸려졌다. 지금 그게 무슨 소리인가? 이곳은 시천월교의 본거지인 천망산이다. 싸움이라고 해봤자 천주들의 아랫선에서 모조리 정리되어야만 했다.
"확인은 안 됐지만… 습격입니다!"
그녀는 그 말을 듣자마자 자리에서 일어섰다. 알 수 없는 불안감이 단숨에 그녀를 휘감았기 때문이었다.
"확실하게 사태를 설명해. 그리고 너는… 다른 천주들에게도 이 소식을 전해라."
"예!"
"거기."
한 명이 급하게 달려 나가자, 미리하는 또 다른 이 하나를 지명했다. 그가 일어서자, 그녀는 잠시 침묵하다 이내 어쩔 수 없다는 듯 한숨을 내뱉으며 말했다.
"만검천주를 불러라."
미리하는 자신도 모르게 이것이 내통에 의한 습격임을 알 수 있었다. 정체를 알 수 없는 이들의 공격? 누군가 시천월교에 해를 끼치려는 게 분명했다. 이전 대원천주와 사독천주의 음흉한 눈빛을 기억했기에 그녀는 황급히 몸을 돌렸다.

"철옥 근처라고 했었나?"

"예! 수는 백이 넘는 것 같습니다!"

'그렇게나 많이라.'

미리하는 입술을 꽉 깨물며 이내 의자의 옆에 놓아진 칼을 붙잡았다. 상황이 어찌 되었든, 일단 급한 불을 꺼야만 했다.

그녀가 머무는 천주전에서 내려가려면 상당한 시간이 걸린다. 그동안 적들은 안으로 더 침입해 올 것이다.

"오균은?"

"벼, 병환이 있으셔서 오늘은 철옥에 내려가지 않으셨습니다."

미리하의 미간이 일그러졌다.

"끌고 와."

그것에 수하가 황급히 달리기 시작한다. 미리하는 말을 마친 뒤 온몸에서 은은한 한기를 내뿜기 시작했다. 그녀가 익힌 혈음매화가 끌어올려지자 주변의 온도가 내려가고 있는 것이다.

'안 좋은 예감이 들어.'

미리하는 검을 빼 들었다. 칼집은 어차피 의미가 없기에 옆으로 그것을 내던진 뒤 그녀는 인상을 찌푸렸다. 내공에 의해 긴 머리칼이 허공에서 하늘거리며 움직이기 시작한다.

그녀의 감각은 분명 고수가 존재하고 있음을 감지하고 있었다.

"어딜 그리 바삐 가나?"

느물거리는 목소리에 미리하는 즉시 고개를 돌렸다.

그곳에는 살을 출렁이고 있는 대원천주가 서 있었다.

칼자루를 세게 쥔 미리하는 이윽고 감정을 가라앉히며 말을 이었다.

"지하에 누군가가 습격을 해온 모양이더군요."

"확인했네. 무림맹의 잔당 세력 같더군."

이렇게나 빨리? 미리하의 의문에도 대원천주 비위는 실룩 웃음을 지어 보일 뿐이었다.

"그렇다면 가세해 주시죠. 골치가 아픈 상대인 것 같으니."

그러나 동시에 비위의 옆에서 무인들이 등장하기 시작한다. 모두가 칼을 뽑아 들고 있는 모습이었다. 미리하는 잠시 그것을 노기 서린 눈으로 바라보다, 이내 작은 한숨을 내뱉었다.

"이렇게나 빨리 속내를 내보일 줄은 몰랐군요."

"양해하게나, 냉옥천주. 사실… 우리에게 미래는 없잖나?"

비위는 웃어 보일 뿐이었다. 미리하는 슬쩍 옆을 바라보았다. 자신의 부하들은 오늘 유독 자리에 나타나지 않았다.

'이미 상당수가 배반했다는 뜻이겠군.'

다른 천주들의 부하마저 끌어들였단 것일까. 미리하는 고개를 설레설레 저었다.

"어쩌실 참이죠?"

"무림맹의 잔당들은 아직 자기 영역을 확실히 구축하지 못했네. 나는 그들에게 명분을 주었고, 대의(大義)마저 선사했지."

비위는 어깨를 으쓱거리며 말했다.

"시천월교는 상징적으로나마 사라지게 되겠지."

"당신은 빠져나가겠다?"

비위는 웃음만 짓고 있을 뿐이었다.

"자네도 함께 이 영복(榮福)을 나눴으면 좋았겠지만… 가시가 있는 꽃은 쉽사리 만지기가 어렵지."

비위의 옆에서 무인들이 나서기 시작한다. 모두가 천주 급은 아니지만 상당한 실력을 쌓은 이들이었다. 시천월교에서 공들여 키운 무인들마저 배신했다는 뜻이다.

"살고 싶다면 항복하게. 자네의 육체를 원하는 이도 제법 많거든."

비위는 음산하게 웃으며 침을 삼켰다. 미리하는 참으로 노골적인 음심에 비웃음을 보내며 검을 들어 올렸다.

"뭐, 노력해 보시죠."

그녀의 냉막한 표정에 한 줄기 살의가 더해졌다.

"비싼 대가를 치러야 할 테니."

*　　　　*　　　　*

"그, 그러니까… 할아버지들의 편인 사람들이 지금 이쪽으로 왔다는 뜻이에요?"

소하는 달리면서 황급히 그리 물었다. 지금 소하는 한 번도

가보지 않았던 복도를 향해 달리고 있었다. 척 노인의 방 안에 마련되어 있던 거대한 굴. 그것은 노인들이 직접 판 탈출구였다.

"아마도 그럴 게다. 위쪽에 판 구멍 덕에 소리가 잘 들렸다."

마 노인의 말에 소하는 고개를 끄덕였다. 노인들의 오감은 이미 경이적이라고 할 수 있을 만큼 대단했다.

"무림맹 놈들을 믿을 수는 없겠지만… 지금이 아니면, 나가기 더 어려워지겠지."

몇 개월 전부터 노인들은 그것을 인지하고 있었다. 그리고 무림맹에서 행동으로 옮길 때를 맞춰 탈출에 나선 것이다.

"급하니까 힘 좀 써라!"

마 노인이 등을 철썩 치는 것에 소하는 이를 꽉 악물었다. 바위를 부수는 훈련은 많이 받아봤지만, 굴 내부에서 잘못 치면 굴이 통째로 붕괴할 수도 있는 일이었다.

주먹에 힘을 모으는 소하의 모습. 노란 내공이 그의 온몸을 두르기 시작했다.

천양진기의 힘.

"뒤로 힘이 빠져나가도록 분배해라."

척 노인의 목소리에 소하는 고개를 끄덕이며 즉시 주먹을 내뻗었다.

꽈과아아앙!

굉음과 함께 터져 나가는 기운. 소하는 자신이 내뿜은 기운을 이기지 못해 뒤로 떠밀려 나갈 뻔했다.

현 노인이 재빨리 소하를 붙잡았고, 마 노인은 목도로 날아오는 돌 조각을 모조리 쳐낸 뒤 앞으로 향했다.

"좋아!"

"이쪽으로 쭉 가면……."

노인들이 천천히 파나간 굴은 위로 올라가는 오르막 형식으로 이리저리 꼬여 있었다.

"이걸 대체 언제 파신 거예요?"

"지난 일 년 동안."

"아주 죽을 맛이었지."

소하는 매번 수련이 끝날 때마다 사라지던 노인들을 떠올렸다. 그들은 소하의 수련을 봐준 뒤, 다른 이와 교대하고 나서 이 굴을 파왔던 것이다.

"하지만 전부 파내진 못했다. 일단 바깥 상황을 보고……."

말을 잇던 중 척 노인이 우뚝 멈췄다. 다른 모두가 멈추자, 소하는 당황해 주위를 둘러보았다. 소하는 아직 천양진기를 오감의 확장에 활용하는 것은 익숙하지 않았기에, 다른 노인들의 말에 의존해야 했기 때문이었다.

"무슨 일이 있나요?"

"쉿! 집중하는 중이다."

척 노인은 눈을 감은 채 귀를 기울이고 있었다. 현 노인도 마찬가지였다. 그러나 여전히 우르릉 하는 소리만이 울리고 있는 굴 안. 소하는 진동이 전해지는 것에 눈만 껌벅거릴 뿐이었다.

"이건 의외로군."

"그러게 말일세. 훈도 방장이 그리 어설프게 행동할 리가 없는데."

현 노인의 목소리에 소하는 더욱 궁금하단 표정이 될 수밖에 없었다.

"아니면, 시천월교에 제법 눈치가 빠른 놈이 있다는 뜻이겠지."

척 노인은 비죽 웃은 뒤 옆에서 알려달라는 표정을 짓는 소하를 슬쩍 바라보았다.

"무림맹 놈들. 기세 좋게 덤비긴 했는데… 밀리기 시작하고 있어."

* * *

"하아, 하아……."

미리하의 입에서 숨이 뱉어져 나왔다. 허리를 굽힌 채 어깨를 오르내리는 모습은 명백히 힘이 떨어졌음을 보여주는 증거였다.

하지만 비위의 표정은 좋지 않았다.

"삼라대(衫邏隊)를… 이리 쉽게 상대할 수 있다니."

미리하는 백에 가까운 무인을 참살한 채 피범벅이 된 채로 서 있었다. 그녀의 검은 이미 반쪽이 되었고, 팔과 다리에 검상을 입은 터였다.

"당신은 먹는 데 바빠, 수련을 하지 않은 모양이군요. 이 정도에 놀라는 걸 보니."

미리하의 비웃음에 비위는 여전히 능글맞은 표정을 지어 보일 뿐이었다.

"혈음매화의 무공이 상당하다고 하더니만… 과연. 인정하지."

그는 손뼉을 짝 친 뒤, 이윽고 한 걸음을 앞으로 내디뎠다. 스스로 미리하의 목숨을 거두기 위해서였다.

비위의 손바닥에 검은 기운이 깃들기 시작했다. 그를 대원천주의 직위에 올려준 현혼장(玄昏掌)을 펼치려는 것이다.

'다섯 걸음.'

미리하는 휘청거리며 그의 발을 응시했다. 그리고 비위가 미리하의 사정권에 들어왔을 때, 그녀는 빠르게 어깨를 휘돌렸다.

콰아아아앗!

반쪽이 난 칼을 휘두르는 미리하의 모습에 비위는 실쭉 웃음을 지었다.

"그런 걸로는……!"

하지만.

미리하의 손에서 빠져나간 칼은 이윽고 비위의 머리를 스친다. 그는 당황해 눈을 크게 뜰 수밖에 없었다. 뺨에 상처가 난 것 때문이 아니었다.

미리하는 허리춤에 맨 요대(腰帶)를 풀어내며 내공을 주입하고 있었다.

차르르릉……!

울리는 소리. 그녀가 숨기고 있던 연검(軟劍)이 풀려 나오며 펼쳐지고 있었던 것이다.

순간 비위의 손이 거칠게 연검을 타격했다. 그러나 연검은 그대로 휘어지며 비위의 팔을 파고들었고, 붉은 핏물이 솟구치며 시야를 가렸다.

"윽!"

연검은 마치 뱀처럼 솟구치며 비위의 팔에 달라붙고 있었다. 그녀가 익힌 혈음매화는 지독한 음공(陰功)이다. 그 한기가 검에 가득 차 팔꿈치를 굳혀 버린 것이다.

비위는 즉시 왼손에서 검은 기운을 내뿜었다.

"건방진……!"

미리하의 눈이 번득였다.

그 순간 그녀는 자신의 옆에 쓰러진 한 무인이 가지고 있던 칼을 밟았고, 내공으로 흡착(吸着)시킨 칼을 발목을 튕기는 것으로 던져 올려 왼손으로 검을 붙잡았다.

그 순간 비위의 표정이 일변했다.

'이년, 일부러 고전한 척했구나!'

비위가 직접 목숨을 끊으러 올 것을 예상한 미리하는 일부러 밀리는 모습을 연출했던 것이다.

비위는 자신의 현혼장이 미리하의 검에 밀릴 수도 있다는 사실을 직감했다. 만약 그렇다면 이 거리에서는 서로가 즉사할 수 있는 상황이었다.

"이익!"

비위의 고함에도 미리하는 냉철하게 검을 전개하고 있었다.

하지만.

미리하의 몸이 구겨진다.

"커읏!"

입에서 솟구쳐 나오는 핏물. 그녀는 무형의 기운에 얻어맞으며 그대로 튕겨 나가 버렸다.

연검이 빠져나가자 핏물이 솟구친다. 비위는 고통을 참으며 인상을 잔뜩 찌푸렸다.

"너무 늦게 오는 거 아닌가!"

"구경이 재미있어서."

미리하는 땅을 나뒹굴며 벽에 등을 박았다.

눈과 코에 시큰한 감촉이 일며 입에서 핏물이 줄줄 흘러나오고 있었다.

"사독… 천주……!"

미리하의 눈에 노기가 깃들었다.

사독천주 염홍인은 가장 자랑하는 절기인 독수(毒手)를 들어 올리며 싱긋 웃고 있었다.

"양해하게, 냉옥천주. 그래도 급하게 날리느라 중독은 시키지 못한 듯하니."

씩 웃어 보이는 그의 모습에 미리하는 낭패한 기분이 들었다. 벌써 이들이 합류했을 줄이야!

'방심했어.'

그녀는 팔을 부르르 떨었다. 제대로 맞았다. 갈비뼈가 부러진 듯했고, 내공을 싣던 도중에 동작이 끊겨 버렸던지라 왼팔에는 푸른 멍 자국들이 점점이 떠오르고 있었다.

"빨리 죽여 버려. 할 일이 많다고."

염홍인의 말에 비위는 고개를 끄덕인 뒤 옆에 있는 부하에게 천을 받아 들어 팔을 감쌌다. 미리하의 실력은 상상 이상이었다. 비위나 삼라대의 무인들도 무림에 나가면 고수 소리를 들으며 경외를 받을 실력이건만, 그들을 모조리 상대한 것이다.

"얌전히 항복했으면 죽지는 않았을 텐데."

비위는 손을 겨눴다. 그의 현혼장은 수 장 거리의 적을 타격할 수 있는 무공이었다. 미리하는 움직이기 위해 몸을 밀어 올려 보았지만, 내공이 체내에서 휘돈 탓에 제대로 움직이기가 버거웠다.

"잘 가게."

하지만 비위는 더 이상 행동에 옮길 수 없었다.

쐐애애액!

어디선가 은빛 빛줄기가 쏘아진다.

그것은 비위의 손등을 꿰뚫으며 그를 옆쪽의 벽으로 처박았다.

"크아아악!"

굉음이 울린다.

당황한 염홍인과 괴로워하던 미리하의 눈이 동시에 옆으로 향했다.

뚜벅뚜벅 걸어오는 소리가 들렸다.

염홍인의 얼굴이 파랗게 질리고 있었다.

"타인의 습격이라면 충분히 대응할 수 있다 생각했었다."

그 순간 주변이 모조리 침묵에 휘감겼다. 염홍인은 자신의 부하들이 두려운 표정을 짓는 것을 보곤, 입술을 꽉 깨물 수밖에 없었다.

만검천주 성중결은 조용히 앞으로 걸어오며 살기 어린 목소리로 말했다.

"하지만 이렇게 내부에서 본격적으로 나설 줄은."

비위는 고통에 비명을 내지르고 있었다. 그리고 얼마 뒤, 그를 벽으로 처박았던 은빛 빛줄기가 움직였다.

그것은 검이었다.

"이전에 말했었지."

한 자루 검은 마치 살아 있기라도 한 듯 끼익 소리를 내며 움직여 비위의 손등에서 빠져나와 성중결의 손에 안착했다.

염홍인은 몇 번이고 입을 뻐끔거리다 이윽고 숨을 내뱉었다.

"월교를 배신한다면… 즉결 처분하겠다고."

"뭐, 뭐하고 있나! 죽여!"

염홍인의 목소리에 부하들은 이를 악물며 달려 나가기 시작한다.

그 순간, 마치 요술이라도 펼치는 것처럼 성중결의 허리춤에 매달려 있던 세 개의 검이 저절로 칼집에서 뽑혀 나왔다.

칼들은 동시에 허공을 휘돌며 달려드는 무인들에게 쏘아져 나가기 시작했다.

같은 월교의 무인들이 달려드는 것에 성중결은 감추지 않고 분노를 표했다.

"모조리 죽여주마."

미리하는 성중결의 주위를 떠도는 검을 보며 한 가지를 떠올렸다.

이기어검(以氣御劍).

그것이 바로 성중결을 만검천주의 자리에 올려놓은 이유였다.

차라라라락……!

검들이 서로 물결치며 내는 소리. 달려들던 무인들은 즉시 허공에 검을 휘둘러야만 했다.

떠돌던 검들이 마치 살아 있는 양 쏘아져 나가며 그들에게 덤벼들었기 때문이었다.

"크악!"

한 명이 목을 베이며 나뒹굴었다. 그 속도와 실린 힘을 이겨내지 못한 탓이다. 허공에 검을 띄우는 경지만 하더라도 상당한 것인데, 성중결은 그것을 자유자재로 휘두를 수 있는 경지에 달해 있었다.

"젠… 장!"

염홍인의 두 손에 독기가 감겨들었다. 그 역시 지금의 상황에 대처하지 못한다면 바로 죽어버릴 것을 예감했기 때문이었다.

"만검천주! 실수하지 마시오!"

염홍인은 그리 외치며 양 손바닥을 뻗었다. 그러자 푸르죽죽한 기운이 쏟아져 나간다. 염홍인의 독수에서 흘러나오는 서슬퍼런 독기들이었다.

"월교는 이미 끝났소!"

마구 뒤엉키는 독기들. 아무리 내공을 가진 고수라 해도 독에 한 번 노출된다면 바로 죽을 수밖에 없었다.

성중결은 미리하의 앞을 가로막으며 즉시 검을 뽑아 휘둘렀다.

그 순간 세 개의 검이 함께 휘둘러지며 돌풍을 만들어냈고, 단숨에 참격의 바람으로 독기를 몰아낸 성중결은 인상을 찌푸렸다.

"지금 너희를 베고 아래로 내려가면 끝날 일이다."

광오하다 싶을 정도의 자신감이 느껴지는 말이었다. 하지만 만검천주 성중결은 능히 그런 말을 할 수 있는 자였다.

염홍인의 입가에 짙은 미소가 떠올랐다.

"말했잖소. 이미 월교는 끝났다고!"

"음……?"

성중결은 왼 손바닥을 펼쳤다. 그 순간 허공에 떠오른 두 개의 검은 마치 하나가 된 양 붙어서 휘둘러졌다.

참격이 허공을 날아 쏘아진다.

염홍인은 양손을 교차시켜 그것을 막았고, 충격에 주르륵 밀려나며 입에서 피를 토했다.

"이미 실세를 가진 이들은 모두 월교를 버렸소."

염홍인은 헉헉 숨을 내뱉으며 그리 중얼거렸다. 성중결은 역겹다는 듯 가만히 그를 노려보다 말을 이었다.

"내가 너희의 반골(反骨)을 몰랐을 것 같나."

염홍인의 눈가가 꿈틀거렸다. 지하에서 울려오는 싸움 소리. 문득 염홍인은 한 가지 의문이 들었다.

'지금 천망산에 우리 편 이외에 싸울 수 있는 이들은 적다. 그런데 왜 아직까지……?'

그 순간 성중결은 오른손에 든 칼을 허공에 휘둘렀다.

즉시 허공에 떠오른 칼 두 개가 옆으로 쏘아져 나가며 달려들던 무인들의 목을 관통한다. 시체를 붕 떠오르게 만드는 힘, 이윽고 성중결은 몸을 앞으로 옮기며 참격을 내뿜었다.

콰가가가각!

무인 세 명이 단숨에 절명하는 모습. 성중결은 무시무시한 모습으로 말을 이었다.

"이미 천검순시대(千劍巡視隊)가 도착해 있다."

"뭣……!"

염홍인은 당황한 표정을 지었다. 천검순시대란 시천월교의 뛰어난 무인들 천 명을 모아놓은 집단이다. 지금 미리하, 성중결과 싸우고 있는 삼라대도 한 수 접어주는 이들이었던 것이다.

"그러니 아무 걱정하지 마라."

공기가 뒤흔들린다. 만검천주가 드디어 자신의 절기, 팔엽을 공개하려는 것이다.

"너희를 죽이면 아무 지장이 없는 일이니까."

*　　　　　*　　　　　*

"크으윽!"

순간 제갈위는 신음을 내뱉었다.

'이건 예상과는 다르다!'

이번 무림맹의 총 인원은 삼백.

모두가 각 문파에서 내로라하는 고수들로 추렸다. 그렇기에 이 인원이라면 은밀한 기습에 있어서 월교에 상당한 충격을 줄 수 있으리라 여겼던 것이다.

그러나 막상 상황은 달랐다. 가장 최하층에서 올라오는 순간, 마치 기다렸다는 듯 수백의 무인이 달려들기 시작했다.

"이놈들, 강하군!"

팽역령도 도를 거침없이 휘두르며 그리 중얼거렸다. 초반에 엄청나게 밀어붙였는데도 계속 교착 상태가 끝나지 않는 상태였다. 말인즉슨, 적은 계속해서 증원이 되고 있다는 뜻이었다.

"어떻게든, 더 이상 적들이 이리로 오게 되면……!"

이곳은 시천월교에서 만든 감옥인 듯싶었다. 수인들이 공포에 찬 얼굴로 도망가는 모습. 무림맹의 무인들 역시 여럿이 죽어버린 상황이었다.

"하아앗!"

팽역령의 손에서 폭포 같은 도격이 쏟아져 나갔다. 팽가의 비전도법 오호단문도(五虎斷門刀)였다.

그 순간 네 명의 월교 무인이 허공을 난다. 도격을 맞는 즉시 베어지는 게 아니라, 마치 철퇴에라도 얻어맞은 듯 몸이 구겨지며 뒤쪽의 무인들까지 넘어뜨리고 있었던 것이다.

제갈위는 빠르게 뒤를 확인했다. 이렇게 된 이상, 이쪽도 훈도 방장이 이끄는 본대(本隊)가 도착해야만 했다.

'하지만 시간이 모자라다.'

그는 얼추 시간을 계산해 보았다. 지금 자신들이 얼마나 버틸 수 있을까? 더군다나 월교의 무인들은 단순히 싸우는 것만이 아닌, 무언가를 꾸미고 있는 듯 전 병력을 이리로 집중하지 않고 있었다.

결국 인상을 찌푸리던 그는 결론을 내렸다.

"후퇴해야 합니다!"

"뭐?"

팽역령이 당황해 그리 묻자, 제갈위는 앞쪽에 덤벼드는 무인에게로 검을 그으며 말을 이었다.

"이대로라면 우리가 전멸합니다! 일단 본대와 합류하거나, 어떻게든 저 증원선을 끊지 않으면……!"

철옥의 안쪽에 아마도 긴 통로가 있는 듯했다. 제갈위의 그 말에 팽역령은 숨을 토해냈다. 증원선을 끊기란 사실상 불가능하다. 그렇다는 건 후퇴해야 한다는 뜻이다.

"젠장……!"
도를 휘두르던 팽역령도 결국 마음이 기울 수밖에 없었다.
쿠르르르릉……!
'지진?'
제갈위는 다리가 풀리려는 것에 놀라 힘을 주며 앞쪽의 무인을 베었다. 지금 갑작스레 지진이 일어나는 것에 당황했던 것이다.
그리고 잠시 뒤, 쩌적 하는 소리와 함께 지반이 갈라지고 있었다.
"뭐, 뭐지?"
놀란 제갈위의 목소리를 듣지 못한 다른 이들은, 월교의 무인들을 베는 데에 온 힘을 기울이고 있었다.
"무림맹의 잔당 놈들을 죽여라!"
와 소리가 들리며 밀려드는 모습. 천검순시대의 다른 인원들까지 추가된 것이다.
그런데 순간.
땅이 부서져 나간다.
제갈위와 팽역령, 그리고 무림맹의 모든 무인이 당황할 수밖에 없었다.
지반이 부서지는 순간, 어마어마한 양의 돌덩이들이 천장과 바닥에서 터져 나왔기 때문이었다.
"이건……?"
제갈위는 황망한 표정을 짓다 이내 상황을 인지했다. 무슨 폭발인지 모르지만, 그것 때문에 적의 증원선이 동강나 버린 것이다.

"팽 대협!"

"알고 있다!"

팽역령의 온몸에서 내공의 기운이 끓어오르며 즉시 도격이 펼쳐지기 시작했다. 마치 불길을 두른 듯 열기가 은은하게 번져 나오고 있었다.

"이렇게 되었다면 이야기는 다르다!"

월교의 무인들도 당황했는지 우왕좌왕하다 밀리기 시작한다.

"모조리 죽여라!"

무림맹의 무인들이 고함을 질렀다. 상황은 단숨에 반대가 되고 있었다.

*　　　*　　　*

"으아아아악!"

지반이 부서지는 순간, 철옥에 숨어 있던 수인들은 모두 놀라 머리를 움켜쥐었다. 지금 겨우 싸움을 피해 옆으로 숨어 있었건만, 이제 땅마저 붕괴를 일으키고 있었던 것이다.

수인들 중 하나인 독우는 당황해 그 부서지는 지반을 바라보았다.

그곳에서는 다섯 명의 모습이 보였다.

주먹을 치켜든 채 땅을 부수며 솟구쳐 올라오는 청년과 표홀하게 바위 조각들을 밟으며 땅에 내려서는 네 명의 노인.

"드디어 위다!"

소하는 팔을 펼치며 그렇게 소리쳤다.

"나가기 싫어하더니만 막상 나오니까 좋아하는 꼴 좀 보게."

"소하 동자야. 이곳이 철옥이더냐?"

현 노인과 소하가 주고받는 말에 독우의 눈이 동그랗게 커졌다.

"소… 하?"

몸에 묻은 먼지를 툭툭 털던 소하는 이윽고 고개를 홱 돌렸다.

소하는 장성해 있었기에 소년 때의 모습을 찾기는 조금 어려웠다. 하지만 장난기가 어려 있는 얼굴, 그리고 여전히 순진한 미소를 짓고 있었다.

"독우 아저씨!"

독우는 입을 뻐끔거렸다. 그 외에 소하를 알고 있는 다른 수인들도 마찬가지였다.

"어, 어떻게?"

"말하자면 길어요! 일단 아저씨들도 도망가세요!"

소하는 손가락으로 복도를 가리켰다. 수인들은 망설일 수밖에 없었다.

그곳에서는 몇 명의 월교 무인들이 당황해 움찔거리다 이내 검을 들고 달려드는 중이었기 때문이다.

"우리가 상대할 가치도 없군."

마 노인의 중얼거림에 소하는 앞으로 질주했다. 땅을 밟는 것과 동시에 튀어 오른 소하는 단숨에 벽을 타며 적에게로 쏘아지고 있었다.

"뭐, 뭐냐!"

벽을 타며 달려오는 소하에 당황한 무인은 즉시 검을 올려 베었다.

하지만 그보다 더 빨리, 소하의 발이 그의 목을 걷어찼다.

콰각!

순간 한 명의 무인이 날아가 기절하고, 소하는 즉시 내려앉으며 바닥에 손을 붙였다.

팔 힘으로 몸을 지탱하는 순간, 발이 휘어 올라가며 옆쪽의 무인을 가격했다. 배를 깊숙이 찬 일격에 무인은 날아가며 그대로 눈을 까뒤집었다.

순식간에 두 명이 기절한 모습.

독우와 수인들은 그 광경에 멍한 표정을 지을 수밖에 없었다.

"어서요!"

그들은 사태를 겨우 이해하고는 어설프게나마 겨우 움직이기 시작하고 있었다.

머뭇거리던 독우는 소하를 스쳐 지나가다 조심스럽게 소하의 손을 붙잡았다.

"살아 있어서, 정말… 정말 다행이다."

"……."

소하는 아무 말도 하지 않았다. 독우는 시큰해진 코끝을 실룩거리더니만, 이내 손가락으로 눈가를 벅벅 비볐다.

"영보도 기뻐할 거야."

"네."

소하는 웃어주었다. 독우와 수인들이 황급히 복도 밖으로 나서는 모습에 척 노인은 옆쪽의 막혀 버린 벽을 보며 중얼거렸다.

"무림맹 놈들은 분단된 듯싶군."

"어떻게든 길을 찾을 걸세. 우리는 일단 우리끼리 움직이지."

"무림맹과 합류하지 않을 건가?"

척 노인의 물음에 현 노인의 입가에 씁쓸한 웃음이 깃들었다.

"과연 그게 좋은 결과가 될 지는 잘 모르겠군."

"…흥, 그래. 우리도 어차피 상황을 이용할 뿐이다. 음흉한 놈들을 믿기는 어렵지."

척 노인은 성큼 앞으로 나섰다.

"천망산 내부는 요새(要塞)와도 같다. 시천월교의 본거지는 꽤나 길이 복잡하지."

"할아버지는 잘 아세요?"

소하의 물음에 그는 픽 웃음을 지었다.

"설계를 도운 게 나다. 그놈과 친분이 있다고 여겼던 멍청한 시절에 말이야."

멍한 소하의 눈에 척 노인은 거침없이 발을 내디뎠다.
"서두르자."

*　　　*　　　*

"대체 이게 무슨 소란이지?"
혁월련은 고개를 들어 올렸다. 그들은 오늘도 거나하게 술상을 차려놓고 하루를 보내는 중이었다. 사인방 중 한 명이 고개를 돌리며 소란에 의문을 표하자, 이내 다른 이가 호쾌하게 웃음을 토했다.
"아랫것들이 난리를 피우고 있나 봅니다."
그들은 시천월교 장로들의 든든한 뒷배를 안고 있는 자들이었다. 그렇기에 딱히 무슨 일이 일어난다 해도 자신들에게 아무런 해가 오지 않음을 알고 있었다. 혁월련도 별다른 생각을 하지 않았다. 그는 이윽고 다시 술잔을 들어 올려 입술에 가져다 대었고, 어수선해진 분위기를 다시 정리하려 했다.
큰 소리와 함께 문이 열리지 않았다면 말이다.
"뭐냐!"
한 명이 고함을 쳤지만, 나타난 이들의 모습에 사인방은 숨을 들이킬 수밖에 없었다.
"흐, 흑영대(黑影隊)."
시천월교의 은밀기동(隱密機動)을 도맡아 하는 비밀 집단인 흑영대가 그 모습을 드러낸 것이다.

흑영대의 특징인 은빛 가면을 쓴 남자 하나가 앞으로 걸어 나오며 입을 열었다.

"소교주님, 저희와 함께 가시지요."

"무슨 일이지?"

혁월련이 묻자, 이내 흑영대의 대장은 대답하지 않고 옆으로 턱짓을 했다.

그것에 다른 이들이 다가오는 모습이 보였다. 혁월련의 미간이 일그러졌지만, 그들은 단숨에 앞으로 다가와 사인방을 제치고 혁월련의 팔을 붙잡았다.

"사안이 급하니 무례를 용서하시길 바랍니다."

흑영대장이 그리 말하는 순간 혁월련은 그들에게 붙들려 억지로 일어설 수밖에 없었다.

상이 엎어지며 시끄러운 소리가 울린다.

"이게 뭐하는 짓이지?"

혁월련의 살기 어린 목소리에 흑영대장은 아무렇지 않게 말을 받았다.

"장로께서 소교주님의 보호를 명하셨습니다."

"뭐라?"

혁월련은 가늘게 눈살을 찌푸렸다. 대체 천망산에 무슨 일이 있기에 장로들이 이리 갑작스레 시천월교의 소교주인 자신을 이리 대한단 말인가.

"내 발로 걸어갈 테니 손을 치워라."

"모시고 와라."

흑영대장의 말에 혁월련의 눈이 일그러졌다.
"네놈!"
그러나 움직일 수 없다. 내공을 실어 넣는다 해도, 흑영대의 무인보다 약한 혁월련은 아무런 저항을 할 수 없었던 것이다.
급히 혁월련의 눈이 사인방에게로 향했다. 어떻게 좀 해보라는 것이다.
그러나 이들은 함부로 움직일 수 없었다.
이미 흑영대의 다른 무인들이 검을 뽑아 들어 그들을 겨누고 있었기 때문이었다.
"잠자코 움직이신다면 다치실 일은 없을 겁니다."
"네놈들… 내가 누군지 알고 이런 짓을 하는 것이냐!"
"월교천세."
흑영대장은 무미건조한 목소리로 그리 중얼거렸다. 마치 더 이상은 아무런 미련도 없다는 듯이 말이다.
"저희는 시천월교를 섬깁니다."
그 말이 끝이었다. 혁월련은 질질 끌려가며 발버둥을 쳤지만, 사인방은 덜덜 떨기만 할 뿐 움직이지 못하고 있었다.
밖으로 나서자 고함 소리가 더욱 커지고 있었다. 싸움이 벌어진 것이었다.
"대체 무슨 일인지 대답이라도 해라!"
"무림맹이 쳐들어왔습니다."
혁월련은 당황할 수밖에 없었다. 무림맹? 시천마에게 굴복한 겁쟁이들이 아니던가. 그들이 갑작스레 이리로 공격을 해 들어

오다니!

그 순간 멀리서 검을 든 무인들이 보였다.

천검순시대의 무인들이었다.

혁월련은 만검천주가 이끄는 그들이 왜 이곳에 도착했는지 이해할 수 없었지만, 이내 이를 악물며 흑영대장에게 소리쳤다.

"그럼 빨리 만검천주에게 방어를 일러라!"

그 순간.

흑영대의 대장은 섬전처럼 검을 뻗었다. 천검순시대의 무인 한 명은 즉시 그것을 막아내며 뒷걸음질을 쳤고, 흑영대와 천검순시대는 서로에게 강한 살의를 뿜어내기 시작했다.

"뭣……!"

혁월련은 그 순간 말을 할 수 없다는 것을 느꼈다. 흑영대장이 손을 뻗어 그의 아혈(亞穴)을 짚어버렸던 것이다.

혀가 꽂꽂이 굳고 입이 달라붙어 버린다. 통나무처럼 얼굴을 굳힌 혁월련을 보며, 흑영대장은 가면 너머로 음산한 눈빛을 보냈다.

"잠시 조용히 해주시지요."

"저놈들이 소교주님을 납치했다!"

"반동(反動)이다!"

천검순시대의 무인들은 즉시 덤벼들기 시작했다. 그들은 만검천주 성중결의 명을 받아 혁월련을 보호하기 위해 이리로 향하고 있었던 것이다.

흑영대장은 쯧 하고 혀를 찼다. 천검순시대가 도착한 것부터가 상정 외의 일이었거늘, 그들이 이리 빨리 상황을 파악하고 움직일 줄은 몰랐던 것이다.

'과연 만검천주, 대단한 자다.'

성중결은 일찍이 월교 내에 문제가 일어난다면, 그 적이 혁월련을 노릴 것이라는 사실을 알고 있었던 것이다.

흑영대의 인원들과 천검순시대가 맞붙기 시작한다. 흑영대의 대장은 즉시 혁월련을 붙잡은 채 뒤로 뛰기 시작했다.

혁월련은 분한지 마구 몸부림을 쳐대고 있었지만, 내공을 가진 이들의 우악스러운 손에서 벗어날 수는 없었다.

'하지만, 명분은 이미 우리 손에 있다.'

흑영대장은 달려 나가며 눈을 번득였다.

* * *

'이런 미친… 괴물 같은 놈!'

염홍인은 속으로 비명을 지를 수밖에 없었다.

피바다.

그가 이끌고 온 부하들은 모조리 시체가 되어 자신의 피에 몸을 담근 채 쓰러져 있었다.

허공을 횡행(橫行)하는 칼날들. 성중결은 세 개의 칼날을 자신의 주변에서 계속해서 휘돌리며 앞을 노려보고 있었다. 섬뜩한 살기가 비어져 나오는 것에 염홍인은 다리를 덜덜 떨 뿐이었다.

"이제 고작 일엽(一葉)이다."

성중결은 음산하게 그리 말하며 앞으로 걸음을 내디뎠다.

"내 예상보다 더 약하군."

가죽 신발에 핏물이 밟히며 찌걱거리는 소리를 내뱉고 있었다.

"사독천주와 대원천주… 너희를 죽이는 데에 시간을 더 이상 쓸 필요는 없겠지."

그 순간 염홍인은 행동을 바로 결정했다. 몸을 돌려 도망가는 것으로 말이다.

바로 칼 하나가 섬광처럼 뻗어 나갔지만, 염홍인은 즉시 독수를 뻗으며 허공에 일장(一掌)을 내갈겼다.

꽈아앙!

칼과 부딪치는 모습.

염홍인은 땅을 박차며 빠르게 물러서기 시작했다.

"크읏!"

염홍인은 성중결이 자신에게로 달려들까 두려웠기에 마구잡이로 손을 뻗었다. 독기가 뿜어지는 모습. 사독천주가 익힌 야보설(惹潽泄)이란 독공(毒功)은 닿는 순간 육신을 파괴하고 내장마저 끓어 넘치게 만드는 힘을 가지고 있었다.

성중결은 멈춰서며 왼손을 뻗었다. 뒤쪽에서 검이 날아와 붙잡혔고, 그 순간 양손에 잡힌 검이 동시에 휘둘러지며 십자로 독기를 내리 갈랐다.

꽈아아아앙!

염홍인이 있던 자리에 검풍이 날아가 꽂혔지만, 그의 모습은 이미 사라진 뒤였다.

비위 역시 몸집에 맞지 않는 속도로 도망친 것에 성중결은 즉시 몸을 돌리며 미리하에게로 다가갔다.

"움직일 수 있나?"

"…빚을 졌군요."

미리하의 말에 성중결은 고개를 저었다.

"회복된다면 서둘러서 합류해 주길 바란다."

성중결은 이곳에 천검순시대를 끌고 들어왔다. 그러나 천검순시대의 전부가 지하로 내려가지 못한 듯, 아직까지 싸움이 이어지고 있었다.

"두 천주가 배신했다는 건……."

"장로 측도 배신했을 가능성이 있다. 아니, 저 둘은 장로들과 투합(投合)했겠지."

그렇게 확정지을 수밖에 없었다.

"당신은 어쩔 거죠?"

그 질문에 성중결은 눈을 돌렸다. 일단은 혁월련의 신변을 확보하는 게 우선이었다.

"소교주님을 모시러 가겠다."

미리하는 한숨을 토했다. 성중결이 왜 이리도 혁월련을 감싸고도는지 이해할 수 없었던 것이다. 그에게 있어 혁월련은 시천월교보다도 소중해 보였다.

"소교주가 시천무검을 익히지 않았다는 걸 알잖아요? 당신은 어째서 그렇게 소교주를……?"

"시천마의 후예가 사라지게 둘 수는 없는 일."

성중결의 무심한 눈이 미리하에게로 향했다. 그녀는 조금 전 마구 허공에서 회오리치며 무인들을 학살하던 성중결의 모습이 떠올라 흠칫 어깨를 떨었지만, 이내 하던 말을 전부 꺼내놓았다.

"또한… 다시 한 번."

성중결은 몸을 돌렸다.

"나는 기적(奇蹟)을 보고 싶다."

땅을 박차는 모습. 순식간에 멀어지는 성중결을 바라보며 미리하는 아무 말도 할 수 없었다.

* * *

"길어!"

소하는 달려가다 그리 소리쳤다. 그것에 척 노인은 한심하다는 눈으로 소하를 바라보았다.

"이 감옥이 위치한 곳 정도면 최하층이다. 적어도 여섯 층은 더 올라가야 지상이지."

"엄청 깊네요!"

척 노인은 씁쓸했는지 무어라 욕지거리를 허공에 내뱉고는 빠르게 손을 뻗었다. 어느새 앞에서 적이 달려들고 있었기 때문이었다. 그 순간 그의 손가락에서 열선이 뿜어져 나가 두 명의 무인을 맞췄다.

"크아아악!"

선양지의 일격은 단숨에 그들의 어깨에 구멍을 뚫으며 땅을 나뒹굴게 만들었다. 오른손이 움직이지 않아 칼을 휘두를 수도 없었던 것이다.

"하나 더 말해두겠는데."

척 노인은 신음하는 무인들을 지나쳐 가며 중얼거렸다.

"사람을 죽이는 데에 망설이면 안 된다."

"……!"

소하의 눈이 꿈틀거렸다. 척 노인을 비롯한 모두가 당연히 예상하고 있던 반응이었다.

"불살(不殺)을 지향하는 건 네 문제지만, 적어도 필요할 때는 손을 쓸 수 있어야 한다."

그 순간 마 노인의 목도가 휘둘러졌다. 단숨에 머리와 팔을 얻어맞고 날아가는 적의 모습.

"힘 조절도 실력이 되어야 하는 거다."

마 노인은 그리 말하며 빠르게 복도를 달렸다. 계속해서 여러 명이 이쪽으로 달려오고 있는 듯, 심상찮은 소리가 계속해서 울리고 있었다.

"위쪽에서 뭔가 하고 있군."

척 노인의 말에 다들 인상을 찡그릴 수밖에 없었다. 나온 것은 좋다만, 그들의 생각과는 다르게 일이 진행되고 있었던 것이다.

무림맹이 침입한 만큼 그들 나름대로 확실한 승산을 가졌으리라 생각했건만, 생각보다 많은 곳에서 싸움이 벌어지고 있었다.

'월교의 내분? 그런데 그 수가 너무 많다.'

시천월교는 분명 전 무림을 지배하고 있다. 그런 만큼 각지의 반란을 막기 위해 무인들을 분배해서 배치해 두게 마련일 텐데, 지금 그들의 감각에 느껴지는 이들은 수가 상당했다.

"내공도 오래 쓰니 지치는군."

소하는 그 말에 눈을 크게 떴다.

"그러고 보니… 할아버지들!"

소하는 경맥에 내공을 쌓는다는 게 얼마나 힘들고 괴로운 일인지 이제 알 수 있었다. 단전이 사라진 이들은 온몸이 비틀리고 뼈가 다 녹아버리는 듯한 고통을 견뎌내고 약소하게나마 내공을 쌓았던 것이다. 마 노인은 소하의 걱정스러운 표정에 씩 웃으며 말을 이었다.

"아직은 좀 더 버틸 수 있다. 네가 나갈 길을 어떻게든……!"

"옆!"

현 노인의 고함에 마 노인은 즉시 발로 땅을 밟으며 허공에 목도를 휘둘렀다.

콰아아아아!

순간 벽이 쪼개진다. 놀란 소하의 목을 잡아 뒤로 끌어당긴 척 노인은 이내 현 노인에게로 소하를 내던지며 인상을 찡그렸다.

"이건 또 뭐야."

"음?"

주먹으로 벽을 뚫고 나온 철은천주 아회광은 네 노인을 바라보며 인상을 찌푸렸다.

"뭐냐. 네놈들은?"

눈앞에 나타난 거한, 그리고 그가 이끌고 있는 수백에 이르는 부하의 모습에 척 노인의 눈이 가늘어졌다.

'이것 참.'

무림맹의 공격이 어찌 된지는 모르지만, 이대로라면 무림맹이 패배할 것은 자명해 보였다. 적의 수가 점점 더 늘어나고 있었다. 월교가 내부에서 서로 분열하지 않는다면 버티기란 힘들어 보였다.

그리고 눈을 번득인 아회광의 주먹이 휘둘러졌다.

"수인들인가! 운이 없군!"

그는 이 다섯 명이 철옥의 수인들이라 생각했다. 그래서 거치적거리니 숨을 끊어두려던 것이다.

그 순간.

마 노인의 목도가 빙글 휘둘러지며 그대로 그의 주먹을 흘려 보냈다. 섬세한 한 수. 아회광은 자신의 주먹이 빗나갈 줄은 전혀 몰랐기에, 당황해 눈을 크게 뜰 수밖에 없었다.

"노인을 앞에 두고 다짜고짜 주먹질이라니."

마 노인이 인상을 찌푸리며 그대로 목도를 앞으로 찔렀다. 걸음조차 움직이지 않은, 가벼운 초식이었다.

"건방진 놈이로다!"

콰아아악!

아회광은 배에 가해지는 충격에 신음을 뱉었다. 날아온 일격이 생각보다 무거웠던 것이다.

그는 세 걸음을 물러선 뒤, 눈에서 이채를 발했다.

"이것 봐라."

마 노인도 살짝 눈썹을 꿈틀거렸다. 기절시키려고 날린 일격이었건만, 아회광은 특유의 단단한 육체로 공격을 견뎌냈던 것이다. 그의 입가에 미소가 돌며, 곧 양주먹에 내공이 어리기 시작했다. 마 노인이 자신의 생각보다 훨씬 강하단 것을 눈치챘기 때문이었다.

"잘 됐……!"

그 순간, 노란빛이 쏟아져 나가며 그대로 위쪽의 천장을 두들겼다.

꽈르르르릉!

돌이 쏟아져 내리는 모습.

"굉천도!"

"맞춰주마!"

그것에 마 노인은 다시 목도를 휘둘렀고, 아회광은 그 연약한 목도에 실린 어마어마한 경력을 눈치챌 수 있었다.

'이건……!'

맞았다간 어딘가가 부러지거나 뜯겨져 나갈 것만 같았다. 그가 저도 모르게 뒤로 뛴 순간, 마 노인의 도에서 강렬한 참격이 뿜어져 나갔다.

굉천도법의 초식 중 하나인 공파(空破).

아회광이 물러서는 순간 그가 부쉈던 벽을 포함해 주변의 공간이 모조리 붕괴하며 먼지를 일으키고 있었다.

"시간이 없다."

척 노인은 선양지로 무너뜨린 벽을 슬쩍 본 뒤, 빠르게 입을 열었다.

"서두르지."

한편, 무너진 벽 안쪽에서는 아회광의 부하들이 당황한 표정을 짓고 있었다. 순간 솟구쳐 나온 참격은 먼지바람을 만들며, 그대로 아회광을 덮쳐 버렸던 것이다.

"철은천주님!"

부하들의 고함에 아회광은 머리를 흔들며 자리에서 일어섰다. 마 노인이 펼친 공파의 범위에서 미처 벗어나지 못했던 것이다.

'뭐지? 저런 고수가 있었다고? 무림맹에?'

아회광은 인상을 가득 찌푸리며 그런 생각을 했다. 아무리 봐도 마 노인의 힘은 자신 이상인 것만 같았기 때문이었다. 그리고 그런 이들이 셋이나 더 있었다.

"양동일 수도 있겠군."

"예?"

아회광은 고개를 돌려 씩 웃음을 지었다.

"만검천주에게도 전해둬라. 아무래도 진짜 위험한 놈들은 따로 있던 모양이야."

그는 방향을 바꾸겠다는 이야기다. 일단 아래에서 싸우고 있는 무림맹의 인물들을 무시하고, 소하와 네 노인들을 쫓으려 하고 있는 것이다.

아회광은 주먹을 꽉 움켜쥐며 위쪽을 노려보았다. 다섯 명은 지금 천망산의 밖으로 나가려 하고 있었다.

"묵철오원대(墨鐵吾園隊)는 지금부터 나를 따라라!"

오백이 넘는 숫자의 묵철오원대를 통째로 다루겠다는 소리다. 어차피 밑에는 만검천주의 천검순시대가 싸움에 나선 뒤였다.

'그 돼지 새끼랑 독수 놈은 보나마나 배신했겠지.'

아회광은 대원천주와 사독천주를 떠올리며 인상을 굳혔다. 그렇게 된다면, 어떻게든 아회광이 서둘러서 소하와 네 노인을 처리해야만 했다. 그들이 무림맹과 손을 잡은 이들이라면, 살려두는 것만으로도 위험했다.

이곳은 길이 막혀 있는 상태, 더군다나 아까의 노인들을 보아하니 순순히 퇴로를 남겨뒀을 것 같지는 않았다. 고개를 돌린 아회광은 이윽고 빙 돌아가는 길을 선택하며 빠르게 걸음을 옮겼다.

*　　　　*　　　　*

"저거 괜찮은 거예요?"

소하가 묻자 척 노인은 흥 소리를 내뱉었다.

"임시방편이다. 저놈이랑 뒤에 몰린 놈들을 다 없애기엔 시간이 모자라."

우르릉 하는 소리가 계속해서 울려 퍼진다.

"게다가 어떤 미친놈이 지하에서 폭약을 터뜨린 거지."

"폭약?"

구 노인이 당황해서 그리 묻자, 척 노인은 고개를 끄덕였다. 그의 귀와 코는 이미 폭약의 흔적을 잡아내고 있었다. 아마도 시천월교의 본거지인 천망산을 통째로 무너뜨리려 하는 모양이지만, 그건 정말 어리석은 생각이었다.

"이대로 전부 몰살시키려는 건 아닐 테고."

쯧 하고 혀를 찬 척 노인은 발을 빠르게 하며 앞으로 향했다. 일단 어려운 길은 다 뚫고 온 뒤였고, 이제 복잡한 미로라기보단 긴 복도들을 돌파해야 했다.

"뭐, 뭐냐 네놈들!"

월교의 무인들 열댓이 당황해 달려들고 있는 모습에 척 노인은 손가락에서 빛을 쏘아내었다.

비명과 함께 날아가는 자들에 소하는 한숨을 내뱉을 수밖에 없었다. 시간이 없었기에 척 노인은 가차 없이 그들의 목숨을 끊어놓고 있었던 것이다.

"죽이려 든다는 건."

그는 바닥을 달리며 말을 이었다.

"언제든지 죽을 각오가 되어 있다는 뜻이다."

그랬다. 척 노인은 소하에게 내공심법만이 아니라 자신의 경험들, 그리고 무림에서 살아가는 데 필요한 지식들을 여럿 알려주었다. 살인에 대한 문제 역시 소하와 오랜 대화를 나눈 터였다.

그의 말이 맞았다.

"네."

소하의 답에 척 노인은 피식 웃은 뒤 빠르게 걸음을 옮겼다.

"일단 월교대전(月敎大殿)으로 들어간다."

큰 대로의 양쪽으로 정렬된 집들의 모습. 그 끝에 있는 거대한 신전(神殿)이 바로 월교대전이었다. 시천월교의 가장 상징적인 건물이자 교주가 자리하는 곳. 그곳을 본 척 노인은 고개를 절레절레 저었다.

"여길 다시 보게 될 줄은."

이전 시천마 혁무원이 자리해 있었던 곳으로써, 노인들 모두에게 안타까운 느낌이 드는 장소이기도 했다.

그러던 와중, 소하는 앞쪽의 대로에 쓰러진 수십 명의 무인들을 볼 수 있었다. 모두가 월교의 복장을 하고 있는 자들이지만, 서로 싸웠는지 무기를 각자의 몸에 꽂은 채로 얽혀 쓰러져 있었다.

"뭐지?"

마 노인이 궁금해 묻자, 현 노인의 눈가가 일그러졌다.

"이건… 마치 서로 싸운 것 같군."

"저기도!"

구 노인이 가리키는 곳에는, 수십 명의 무인이 섬뜩한 기세로 월교대전 안을 향해 달려가는 모습이 비치고 있었다.

픽 웃은 척 노인은 이윽고 손을 들어 일행의 속도를 줄이게 하며 입을 열었다.

"내분이 일어난 건 확실하군."

"일단 안으로 향하세."

가능한 한 쓸데없는 싸움은 피해야만 했다. 소하는 슬쩍 뒤쪽을 돌아보았다. 독우를 포함한 철옥의 수인들을 도망치게는 했지만, 누군가의 모습이 보이지 않았던 것이다.

'괜찮을까?'

유원의 모습이 떠오른 소하는 인상을 찌푸릴 수밖에 없었다.

여자의 몸으로 철옥 내의 생활을 견딜 수 있었을까? 또한 이미 여자라는 게 알려져 버린 뒤라, 그녀는 그 뒤에도 계속 위협을 당했을 것만 같았다.

대전의 안으로 들어서자, 쓰러져 있는 시체들이 여럿 눈에 들어왔다. 대부분 시비들과 시종들이었다. 월교의 무인들은 들어오자마자 그들을 모조리 베어버렸던 것이다.

"얼마 전까지만 해도 동료였을 것이건만."

현 노인은 혀를 차며 그리 중얼거렸다. 그들의 의도를 파악한 것이다. 척 노인도 고개를 끄덕이며 말을 보탰다.

"눈치가 빠른 쥐새끼 놈들이야."

지금 저자들은 이곳을 약탈하려 들고 있었던 것이다.

"우리와는 상관없는 일이지. 움직이자."

척 노인의 말에 다들 고개를 끄덕였다. 안타까운 일이긴 했지만, 일단 상황이 너무나도 급했던 것이다. 소하는 그들을 따라 가면서 슬쩍 앞을 바라보았다.

여자들의 비명이 울리고 있었다.

*　　　*　　　*

"무슨 소리지?"

방 안에 앉아 있던 유원은 조용히 그렇게 중얼거렸다. 갑작스레 월교의 무인들이 나갈 수 없도록 통제를 가하더니만, 이젠 미미한 진동이 계속해서 울려오고 있었던 것이다.

곽위는 잠시 생각에 빠졌다가 이내 입을 열었다.

"뭔가가 일어나고 있는 모양입니다."

바깥에서 비명 소리도 들려왔던 터였다. 이곳은 시천월교의 중심이라 할 수 있는 월교대전, 그런 소리가 들렸다는 건 벌써 상당히 위협이 다가오고 있다는 이야기였다.

"꺄아아악!"

시비의 비명이 들렸다. 놀란 유원이 몸을 움찔거리자, 그 순간 곽위와 정욱은 자리에서 일어서며 천천히 문쪽으로 다가섰다.

'뭐지?'

그들은 움직임을 통제당했기에 바깥의 상황을 제대로 알 수 없었다. 희미하게나마 느낄 수 있는 것은 지금 월교에 문제가 발생했다는 것, 그리고 곽위가 알기에 그런 경우는 단 하나였다.

'무림맹이 도착했다.'

하지만 문이 우지직 소리를 내며 부서져 나갔을 때, 곽위는 눈살을 찌푸려야만 했다.

"내가 말했잖아."

월교의 무인 한 명이 이죽거리며 중얼거렸다.

"여기에 기가 차도록 예쁜 계집 하나가 있다니까."

곽위의 눈이 뒤로 향했다. 조금 전 들렸던 비명, 여인이 발버둥을 치며 도망치려 하지만 월교의 무인 한 명은 그녀를 붙든 채 계속해서 범하고 있었다.

"이놈들……!"

곽위는 인상을 찌푸리며 즉시 주먹을 휘둘렀다.

"백영세가의 이름을 무시하느냐!"

"뭐라는 거야."

픽 웃은 무인 한 명은 곽위의 주먹을 그대로 후려쳤다.

뼈가 부러지는 소리. 곽위는 크악 소리를 내며 땅을 나뒹굴었다. 지금 이들은 사독천주가 이끄는 혈사라탐대(血紗羅探隊)의 무인들이었다. 모두가 내공을 다룰 수 있는 자들이란 뜻이다.

곽위의 오른팔은 팔꿈치 부분이 꺾여 버린 채 흔들거리고 있었다.

"곽위!"

유원이 놀라 비명을 질렀지만 그 순간 검이 솟구치며 정욱의 어깨를 찔렀다.

"크윽!"

정욱의 몸이 나뒹군다. 단전을 철폐당한 이들에게 있어 내공을 가진 무인이란 도저히 넘을 수 없는 벽과도 같았다.

"내가 먼저 한다."

정욱을 찌른 무인이 어깨를 으쓱이며 앞으로 나섰다. 유원은 자리에서 일어서며 고운 아미를 찌푸렸다. 그러나 무인은 그 모습마저도 곱다는 듯 욕정에 찬 미소를 짓고 있었다.

"걱정 마라. 서로 좋은 거니까. 너도 즐기다 보면 남자의 맛을 알게 될 거야."

"무례한 놈……!"

유원은 손을 바르르 떨며 조그마한 소검을 뽑아 들었다. 그러나 저항하기엔 그녀의 힘은 너무나도 약했다.

곽위가 꿈틀거렸지만 한 무인이 그에게 칼을 들고 다가가는 중이었다. 곧 곽위와 정욱은 죽는다. 유원은 그것을 깨닫자마자 눈앞이 새하얗게 물드는 것만 같았다.

이내 그녀의 손에서 칼이 빠져나가 떨어졌고, 유원이 주저앉자 앞에 서 있던 무인은 침을 삼키며 웃음을 지었다.

"그래, 그렇게 얌전히 있으면 되는 거……."

그 순간.

뒤쪽에서 돌풍이 일었다.

저도 모르게 고개를 돌린 무인은 자신의 동료 두 명이 옆으로 튕겨 나가는 것에 인상을 찌푸릴 수밖에 없었다.

벽에 부딪친 이 중 한 명은 턱이 빠졌는지 입을 쩍 벌린 채 기절했고, 하나는 몸이 구겨진 채 컥컥거리며 사지를 바르르 떨고 있었다.

"이건 또 뭐야. 이 새끼가… 카악!"

그러나 그는 말을 다 이을 수조차 없었다. 검을 휘두르자 발이 꺾어지며 그의 손목을 강타했고, 단번에 손목이 부러지자 그는 신음과 함께 물러서려 했다.

하지만 이미 눈앞에는 한 소년의 모습이 있었다.

반응할 새도 없이 그의 등을 손으로 붙잡으며 무릎을 올려쳤다. 슬격(膝擊)을 얻어맞자 곧바로 무인의 눈이 뒤집어져 버리는 모습이었다.

그 순간 양손으로 무인의 가슴을 올려쳐 그를 날려 버린 소하는 여유롭게 몸을 돌렸다. 네 명의 무인은 순식간에 의식을 잃어버린 뒤였다.

"괜찮아요?"

소하는 주저 앉아 있는 유원에게 그리 물었다.

뒤늦게 도착한 척 노인은 혀를 차며 중얼거렸다.

"거 의협(義俠) 나셨네."

"그런 게 좋은 일 아니겠나."

현 노인의 웃음에 척 노인은 고개를 저을 뿐이었다.

고개를 들어 올리는 그녀의 모습에 소하는 저도 모르게 침을 꿀꺽 삼켰다.

'우와, 예쁘다.'

이제까지 축축한 혈천옥에서 늘 노인들과 함께 해왔던 소하에게, 좋은 향기가 나는 데다 마치 꽃이 만개하는 듯한 외모를 가진 유원은 함부로 쳐다보기도 힘들 정도였다.

유원의 눈이 커다랗게 변했다.

시간이 지났지만, 그녀는 아직 그의 모습을 기억하고 있었던 것이다.

"너……."

일단 그녀가 무사한 걸 확인했다. 그리고 뒤에서는 노인들이 곽위와 정욱을 일으켜 세우는 중이었다.

고개를 돌려 그들을 보던 소하는 이윽고 낯이 익은 두 명의 모습에 황급히 유원에게로 눈을 향했다.

"소하?"

第五章
회자정리

소하는 눈을 동그랗게 떴다. 자신을 아는 여인, 적어도 이런 미인이 자신의 이름을 알 줄은 몰랐던 것이다.

"절 아세요?"

너무 놀라 목소리도 다 뒤집어져 있었다. 그 말에 유원이 당황한 표정을 짓는 순간, 마 노인은 에라이 소리를 내며 소하의 뒷머리를 두들겼다.

"어린놈이 여자만 보면 해롱거려가지고 쓰겠나."

"예전에 보았던 그 아이가 아니더냐. 실제로 보니 정말 곱구나."

현 노인은 이미 유원의 정체를 눈치채고 있었다. 소하는 잠시 신음을 내며 고개를 몇 번이나 갸웃거리다, 이윽고 눈을 번

적 떴다.
"유원이야?"
그녀는 살짝 고개를 끄덕였다. 소하는 더욱 당황한 듯 몇 번이나 입을 빼끔대다, 겨우 말을 이었다.
"예, 예뻐졌네."
"말도 못하고 행동도 절도 있지 못하니, 저놈은 인기가 많기는 글렀군."
"강력히 동의한다."
척 노인의 평가에 다들 고개를 주억거렸다. 소하는 뒤에서 들리는 노인들의 비웃음에 으드득 이를 갈다 이윽고 빠르게 말을 이었다. 지금은 이렇게 평화롭게 대화할 시간이 없었던 것이다.
"지금 밖에서 싸움이 난 건 알아?"
그 말에 곽위가 팔이 부러진 고통에 인상을 찌푸리며 대답했다.
"알고 있다. 무림맹이 온 것이겠지."
"자네들이 연락한 겐가?"
곽위는 잠시 입을 다물었다 이윽고 공손한 태도로 말을 이었다.
"그렇습니다. 하지만 그전에 하마터면… 노 선배님들의 자혜(慈惠) 덕에 목숨을 건질 수 있었습니다."
"저놈이 다 한 거지 뭘."
마 노인은 대수롭지 않게 그리 받으며 말을 이었다.

"일단 움직일 만하면 빨리 도망치게나. 이쪽으로 더 들이닥칠 것 같으니."

"합류하기로 한 자와 함께 움직이도록 하겠습니다. 노 선배님들은……?"

곽위와 정욱은 이미 그들의 말투, 행동, 기운만으로 노인들이 그들의 생각보다 뛰어난 고수라는 것을 눈치채고 있었다.

"우리는 우리대로 움직이지. 뭐하고 있냐! 가자!"

마 노인의 말에 소하는 유원과 시선을 교환하다 이윽고 찔끔 몸을 움츠리며 자리에서 일어섰다.

"그, 그럼 가볼게. 무사해서 다행이다."

소하의 말에 유원은 이윽고 멍하니 그를 바라보다, 빠르게 손을 뻗었다.

손목이 붙잡히자 소하는 덜컥 멈추며 유원을 바라보다 눈을 슬쩍 내리깔 수밖에 없었다.

마치 시선을 계속 주면 닳기라도 할 것 같다는 생각이 들 정도로 그녀는 아름다웠다.

"아……."

유원은 손을 놓았다. 자기도 모르게 몸이 움직였던 것이다. 그녀는 무언가의 말을 더 꺼내고 싶었지만, 마치 목구멍이 틀어 막혀버린 듯 말이 나오지 않았다.

잠시 그녀를 바라보던 소하는 이내 웃으며 손을 흔들었다.

"또 보자."

소하는 노인들과 함께 방을 빠져나갔다. 척 노인은 자신의 내공으로 곽위의 혈도를 짚어 고통을 줄여준 뒤, 무인들이 들고 있던 무기를 건네주었다.

"도움은 필요 없단 거겠지?"

"예. 아마 저희가 따라간다 해도 노 선배님들의 방해가 될 겁니다."

그리고 유원이 말려들 수 있다. 곽위의 말에 척 노인은 고개를 끄덕인 뒤 몸을 돌렸다.

모두가 사라지자, 곽위는 황급히 걸음을 옮겼다. 이제 연락이 닿았던 자와 합류해 최대한 빨리 안전한 곳으로 이동해야 했기 때문이었다.

"아가씨, 가셔야 합니다."

"응……."

유원은 풀렸던 다리에 억지로 힘을 주며 일어섰다. 거품을 문 채 기절해 있는 자들의 모습. 그것을 잠시 보던 유원은 이내 손을 세게 쥐며 고개를 돌렸다.

'살아 있었어.'

그가 끌려갈 때 느꼈던 감정은 이루 형용할 수 없었다.

그러나 살아 있었다.

유원은 그 사실만으로도 가슴속에 걸려 있던 가시들이 눈 녹듯 녹아내리는 것만 같았다.

이제는 그녀 역시 필사적으로 움직여야 할 때였다.

*　　*　　*

"크윽!"

혁월련은 신음과 함께 바닥을 나뒹굴었다.

흑영대장은 목표한 장소에 도달하자마자 혁월련을 그대로 집어던졌던 것이다.

시간이 지나자 아혈이 풀렸고, 고개를 마구 휘저은 혁월련은 인상을 쓰며 고함을 질렀다.

"네놈… 감히!"

"도착했습니다."

흑영대장은 앞쪽을 향해 포권을 하고 있었다. 잠시 그를 노려보던 혁월련의 눈이 이윽고 앞으로 향했다.

"어서 오시오. 소교주."

그곳에는 살이 찐 남자 둘이 미소를 지으며 앉아 있었다.

"좌우장로… 어쩐 일이십니까?"

혁월련의 눈가가 단박에 일그러졌다.

지금 앞에 서 있는 자들은 시천월교의 장로이자, 혁월련을 누구보다도 마음에 들지 않아 하는 이들이었다.

좌장로의 위치에 있는 자, 원이명(員李溟)이 주름지고 검버섯이 핀 얼굴에 웃음을 지으며 말을 이었다.

"본교에 재앙이 닥쳤으니, 어찌 소교주를 보호하지 않을 수 있겠소."

혁월련은 흑영대장을 견제하며 천천히 자리에서 일어났다. 몸에 묻은 먼지를 툭툭 털며 그는 분한 표정으로 중얼거렸다.

"그럼 좀 더 절 예우해 줬으면 좋겠군요."

"시천무검만 가지고 있다면, 얼마든지 그럴 수 있지."

혁월련의 표정이 굳어졌다. 너무나 갑작스레 찔러 들어온 말에 감정을 조절할 수 없었던 것이다. 그 표정을 본 우장로 이백중(李白衆)은 그럴 줄 알았다는 듯 눈을 살짝 내리깔며 말을 이었다.

"하지만 소교주에게는 아무것도 없지 않나?"

순간 혁월련의 눈이 일그러졌다. 그 역시 월교에서 최고의 교육을 받았고, 각종 지식들을 접한 자였다.

"추악한 배신을 저지르셨군요."

"그렇게 생각하는가."

이백중은 앉아 있는 태사의의 팔걸이를 천천히 어루만지며 멍하니 중얼거렸다.

"우리는 태양을 따라 한없이 전진하는 날벌레들 같은 존재였지. 자네는… 마교라는 이름하에 철저하게 탄압받고 무참하게 죽어갔던 우리의 하늘을 열어준 시천마의 존재를 알지 못해."

고개를 들었던 이백중의 눈이 번득였다.

그 순간.

혁월련은 흑영대장이 검을 빼드는 것을 보았다.

"그의 존재가 있었기에 지금 자네가 살아 있는 걸세. 그러나 만약… 자네에게 일고의 가치도 없다면."

혁월련의 얼굴이 새하얗게 질렸다. 지금 흑영대장은 진심으로 살의를 담은 채 다가오고 있었기 때문이었다.

"잘라내야만 하겠지."

"뭐, 뭐……!"

뜨거운 감촉이 혁월련의 등을 갈랐다.

베였다.

땅을 나뒹굴며 혁월련은 황급히 몸을 돌렸다. 아픔, 그리고 뜨거운 핏물이 등에서 줄줄 흘러나오고 있었다.

흑영대장은 여전히 가면을 쓴 채 차디찬 눈으로 그를 응시하고 있을 뿐이었다.

"극히 조그마한 편린이라도 좋네."

원이명은 시큰둥한 표정으로 말을 이었다.

"시천무검을 펼쳐보게나."

"아, 어, 으……!"

혁월련이 입을 뻐끔거리면서 당황하는 것에, 이백중이 말을 보탰다.

"자네의 오성(悟性)에 대해서는 아무 상관하지 말게. 우리는 시천마가 필요한 게 아니야."

그들의 눈은 혁월련이 이제껏 보았던 누구보다도 차가웠다. 시천월교의 소교주인 자신에게는 늘 모두가 복종할 뿐, 이런 식으로 명백한 경멸을 내보인 적은 없었다.

"시천마의 무공이 필요한 것이지."

그저 기억하고 있으면 된다. 초식을 모른다면 동작을, 동작을 모른다면 구결만이라도 충분하다.

시천무검을 어떻게든 후대에 전해, 충분한 그릇을 가진 이에게 전수할 수만 있다면 아무래도 상관없었던 것이다.

그러나 혁월련은 더욱 당황할 수밖에 없었다.

흑영대장은 한 걸음을 더 다가왔다.

써걱!

"크아아아악!"

혁월련의 비명이 울려 퍼졌다. 허벅지를 베였다. 물론 육체의 기능에 문제는 없게끔 얇게 잘라낸 것이었지만, 고통과 흐르는 핏물의 양에 혁월련은 마치 발작하듯 땅에서 버르적거리며 손을 휘젓고 있었다.

"나, 나에게 이럴 수는 없, 없습니다!"

"자네가 시천마의 방계라서?"

이백중은 픽 웃음을 지었다. 그것은 명백히 혁월련에 대한 경멸을 담고 있었다.

"자네가 여기서 이렇게 대접을 받고 있는 건 바로 그 피. 지금 자네가 땅에 흘리고 있는 시천마의 피 때문이야."

그는 이내 인상을 쓰며 고개를 절레절레 저었다.

"그러나 결국 확실해졌군."

그에게는 시천무검이 없다. 흑영대장도 혁월련이 아무 무공을 배우지 않았다는 것을 알 수 있었다. 혁월련만 그저 살려달라며 손을 내저을 뿐이었다.

"그, 그만해라! 나는 시천월교의 소교, 소교주다!"

"죽여. 가치도 없는 쓰레기다."

이백중의 목소리에 흑영대장은 조용히 고개를 끄덕인 뒤 검을 치켜들었다. 아까까지는 그저 장난처럼 검을 휘둘렀을 뿐이었다. 그가 지금 이대로 검을 내려치는 순간, 혁월련은 형편없는 꼴로 절명하고 말 것이다.

혁월련의 두 눈에 눈물이 차올랐다. 꼴사납게 다리를 휘저었지만, 무공을 제대로 익힌 흑영대장에게 그런 것이 통할 리가 없었다.

원이명과 이백중은 이미 그에게서 관심을 끈 뒤였다. 이제 다른 일들을 수행해야만 하는 것이다.

은빛이 허공을 갈랐다.

쩌어어엉!

순간 흑영대장의 몸이 옆으로 날아가며 벽에 처박혔다.

하얀색의 벽에 핏물이 튀고, 흑영대장은 크학 하는 신음을 토해내며 땅으로 미끄러져 내리고 있었다.

원이명의 눈이 일그러졌다.

"생각보다 빨랐군. 만검천주."

허공에 뜬 검들이 마구 선회하기 시작한다. 마치 그의 감정을 대변하듯, 성중결은 무시무시한 기세를 퍼뜨리며 앞으로 다가오고 있었다.

"서, 성 아저씨!"

허둥지둥 땅을 기어 다가오는 혁월련의 모습을 성중결은 가만히 바라보다 이윽고 눈을 돌렸다.

"무림맹과 내통해서 무엇을 얻기로 했지?"

"미래."

원이명은 태사의에 등을 붙이며 중얼거렸다.

“우리의 미래, 이제 곧 붕괴할 시천월교의 꼬리표를 떼어낼 기회지.”

시천월교의 무림정복은 너무 급속도로 이루어졌다.

시천마 혁무원이라는 거대한 힘을 이용해 시작한 무림정복, 그렇기에 그게 이루어진 이후, 시천월교의 장로와 간부들은 모두 한 가지의 생각을 할 수밖에 없었다.

이제부터 어떻게 해야 하는가?

시천마는 실종되었다. 언제부터인가 그는 사라져 버렸다. 그가 사라진 것이 알려진다면 무림 곳곳에서 반란이 일어날 것이 뻔했다. 그렇기에 더욱 강하게 무림을 옥죌 수밖에 없었다. 철옥을 만들어 무림 각지의 명문세가나 강한 인물들의 친지, 혹은 본인을 잡아 가두는 것으로 그 걱정을 해소하려 했던 것이다.

하지만 그것에도 한계가 있었다. 장로급의 모두는 서서히 다가오는 붕괴를 예측하고 있었다.

성중결은 눈을 돌렸다. 그러자 검이 휘돌며, 곧 쓰러진 상태에서 비틀거리며 일어서려는 흑영대장을 겨누고 있었다.

“방금 건… 보이지 않았소만.”

흑영대장이 부서진 가면 사이로 피를 뱉어내며 말하자, 성중결은 조용히 중얼거렸다.

“사엽(四葉)의 질신(疾迅)이었다.”

그 말에 흑영대장은 헛웃음을 내뱉었다.

"하, 만검천주의… 그 유명한… 팔엽을 견식해서… 그나마 낫군……."

그대로 푹 꺾여 버리는 목. 흑영대장이 한 수에 절명한 것을 본 원이명은 허어 하고 한숨을 내뱉었다.

"더 강해졌군. 자네는 정말 대단한 자야."

"그 입을 놀릴 겨를이 있다면 도망을 가는 게 나았다고 말해 주고 싶군."

성중결의 눈에서 살기가 번쩍이기 시작했다. 동시에 공기가 얼어붙으며, 죽음과도 같은 침묵이 허공을 메운다.

혁월련은 경악한 눈으로 그것을 바라보고 있었다. 이제까지 성중결은 그를 보살피면서 단 한 번도 자신의 본신(本身)을 보인 적이 없었기 때문이었다.

절대고수의 기운을 처음으로 맛본 혁월련은 온몸에 소름이 돋고 경련이 이는 것만 같았다.

"아니."

이백중은 고개를 저었다.

"자네가 그래야 할 걸세."

그는 웃었고, 동시에 성중결은 손을 양쪽으로 뻗었다.

촤라라라락!

그의 허리춤에서 뽑혀져 나오는 네 개의 검. 그것은 동시에 방어벽을 만들며, 날아드는 비도(飛刀)를 모조리 쳐 내었다.

그때 혁월련의 눈이 돌아간다.

문이 열리며 나타난 것은, 수십의 무인들과 고고한 기운을 풍기고 있는 노승 한 명의 모습이었다.

"소림인가."

훈도 방장은 조용히 노기서린 눈을 들어 성중결을 바라보고 있었다.

비쩍 마른 훈도 방장의 팔이 부르르 떨렸다. 만검천주를 본 순간, 격한 분노가 다시 솟구쳐 오른 것이다. 그의 검 앞에 죽어간 동료들을 떠올렸기 때문이었다.

"긴 시간이었소."

옆으로 흩어지며 무기를 들어 올리는 무인들의 모습. 모두가 제법 실력을 갖춘 고수였다. 성중결은 흘깃 주변을 둘러보며 조용히 중얼거렸다.

"철옥 내에서 파고 있었던 건 비밀 통로였나."

"그렇지."

이백중이 답하자 성중결은 작게 숨을 내뱉었다. 일단 마음 같아선 이들을 모조리 쳐 죽이고 싶었지만, 지금은 혁월련을 지키는 게 우선이었다. 게다가 이 정도의 수, 더군다나 소림의 방장이 함께 있다면 죽는 것은 성중결이 될 수도 있었다.

훈도 방장의 오른손에 비취(翡翠)색의 기운이 휘몰아치기 시작했다. 그가 익힌 금강기를 통해 뿜어져 나오는 금강나한장(金剛羅漢掌)이었다.

성중결의 눈이 번득였다.

동시에 주변의 무인들 역시 검을 휘둘러 성중결에게로 달려들기 시작하고 있었다. 모두가 단숨에 그를 압박해 죽이려 들었던 것이다.

두 자루의 칼이 회오리치며 뻗어나가기 시작했다.

"저자의 무공을 조심하시오! 만검천주는… 강하오!"

훈도 방장의 고함에 다들 인상을 찌푸리며 방어 태세를 취했다.

쩡!

휘둘러져 오는 검에 부딪친 한 명의 팔이 위로 올라가며 튕겨 나갔고, 성중결은 나머지 두 개의 검마저 화살처럼 쏘아 보내며 그대로 달리기 시작했다.

순간 네 개의 검이 한데 응집되며 솟구쳤다.

노리는 곳은 무인들이 서 있는 벽의 한 축, 두 명의 무인은 자신에게로 향해오는 칼날을 향해 급히 칼을 내려쳤다.

성중결은 땅에 바싹 달라붙듯 달리며 그대로 혁월련의 허리를 잡아챘다.

그를 붙잡는 모습에 훈도 방장은 성중결이 무엇을 하려 드는지를 눈치챘다.

"놓치지 않는다!"

육중한 소리와 함께 그의 손에서 거대한 기운이 쏘아져 나갔다. 금강나한장의 일수는 단숨에 바닥을 쓸어내며 사방을 무시무시한 기운으로 가득 채우고 있었다.

성중결의 검 세 개가 방패처럼 서로 붙으며 그것을 막아서지만, 이윽고 검신에 금이 가기 시작한다.

채애앵!

모조리 작은 조각으로 깨어져 나가는 모습.

무림맹의 무인들은 회심의 미소를 지었다. 칼이 사라진 이상, 이기어검으로 두려움을 샀던 성중결도 별것 아니란 생각에서였다.

그러나 성중결은 달리던 중 몸을 휘돌리며 손바닥을 뻗었다.

"육엽(六葉)."

뻗은 손바닥을 쥔다.

그 순간 허공에서 흩어지던 검편(劍片)들이 마치 작은 비도가 된 양 무인들에게로 쏟아지기 시작했다.

"크아아악!"

비명을 지르며 피투성이가 된 채 허우적거리는 모습들. 성중결은 삼십이 넘는 조각을 모조리 허공에 흩뿌리며 그대로 앞에 선 무인 하나에게 검을 휘둘렀다.

팔과 목이 베여서 쓰러진다. 성중결은 혁월련을 잡은 채, 나왔던 통로로 질주하고 있었다.

"내버려 두시오!"

훈도 방장의 고함에 무인들은 몸을 멈췄다. 급히 내공을 펼쳐서 방어하려 들었지만, 검편의 조각들은 모두 성중결의 힘을 간직해 방어를 깨고 그들의 몸을 상처 입혔기 때문이었다.

"쫓아봤자 위험할 뿐이오."

성중결 정도의 기량이라면 도망치는 것도 하나의 전략일 가능성이 있었다. 여기서 더 인원을 잃고 싶지 않았던 훈도 방장의 눈이 이윽고 원이명에게로 돌아갔다.

그는 이죽거리는 미소를 지으며 의자에서 일어서고 있었다.

"이미 사독천주가 준비에 들어갔네. 그건 그렇고… 그 명문정도(名門正道)라 이름 높은 소림의 방장이 이런 결정을 할 줄은 몰랐네만."

"모든 것은 대의를 위해서."

훈도 방장은 그리 중얼거리며 눈을 돌렸다.

지금 자신이 하는 짓이 얼마나 끔찍한 것인지는 이미 알고 있었다. 그렇기에 마교라 불리던 월교의 손까지 빌렸던 것이다.

이백중은 그에게 진한 비웃음을 보낸 뒤, 고개를 돌렸다.

"곧 시작되나 보군."

서서히 진동이 이어지기 시작한다. 천망산 내부에 무언가 지금까지와는 다른 기운이 퍼져 나가고 있었다.

"비라설(沸拏齧)은 사독천주가 만든 맹독이다. 닿는 순간 살을 썩게 하고, 내장이 녹아 끓어버리지."

지금 원이명과 이백중은 그것을 천망산 내에 풀어버린 것이다. 무인들은 두려운 눈으로 그들을 훔쳐보았다. 아무리 월교를 배신했다 해도, 한 때 동료였던 자들을 이런 식으로 저버린다는 데에 두려움을 느꼈던 것이다.

"부처가 어떤 이인지는 모르지만……."

이백중은 비릿하게 웃으며 중얼거렸다.

"젊은이들을 헛되이 죽게 만든 당신의 결정을 지켜보고는 계시겠지. 훈도 방장."

그는 아무 말도 하지 않았다. 지금 훈도 방장이 한 선택은, 지하에서 싸우면서 위로 올라오고 있는 제갈위와 팽역령을 비롯해, 수많은 젊은 무림맹의 무인을 버린 것이나 다름없었다.

"그들은 일찍이 목숨을 바치겠다 말했었소."

훈도 방장의 눈에서는 알 수 없는 기운들이 휘몰아치고 있었다.

그가 소림을 봉문한다 말했을 때, 모두가 그 기운을 볼 수 있었다. 하지만 대체 그것이 무엇인지에 대해서는 말하지 못했다.

이제까지 정의를 숭상했던 훈도 방장이 가질 만한 감정이 아니었기 때문이었다.

그것은 질투였다.

자신은 도저히 닿을 수 없는 하늘 너머에 손을 뻗은 자에 대한 격렬한 혐오였다.

* * *

"괜찮을까요?"

"무림맹 놈들하고 합류한다면 우리보단 안전하겠지. 이쪽은 쫓기고 있으니까."

마 노인은 앞으로 달리며 그렇게 말했다. 뒤쪽에서는 대략 백이 넘는 수가 그들을 쫓아오고 있었다. 하지만 앞은 비어 있다. 어느덧 사람들이 좀 적어지자 다행히 순탄하게 위층을 향해 올라갈 수 있게 된 것이다. 소하는 좀 편해진 것에 겨우 안도할 수 있었다. 이대로만 간다면 밖에 다다르는 것은 금방이라는 생각이 들었다.

"좋지 않군."

그러나 뒤쪽에서 척 노인의 중얼거림이 들렸다. 모두가 같은 생각을 한 듯, 그 말에 고개를 끄덕이는 모습들이었다.

"함께 죽기라도 하겠다는 건가?"

마 노인의 질문에 척 노인은 후우 하고 한숨을 내뱉을 뿐이었다.

"아니겠지. 아마도… 내분이 일어난 쪽에서 나머지를 효율적으로 처리하려 드는 것 같군."

소하만 이해하지 못해 눈을 크게 뜨고 있을 뿐이었다. 달리는 속도가 서서히 느려지다 이내 모두가 멈추자, 소하는 눈만 껌벅일 뿐이었다.

"왜 갑자기 멈추시는 거예요?"

"이대로라면 힘들다. 놈들이 독을 풀기 시작했어. 그것도 상당한 놈을."

독?

놀란 소하는 입을 꾹 다물었다.

"천망산에 모조리 풀 정도면, 일정 비중 이상이 되지 않는 한은 체내에 위협을 주지 않는다. 한… 몇 각 정도는 안전할 거다."

그러나 도망치기에는 불가능한 시간이다.

현 노인이 다가가며 소하의 어깨에 손을 올렸다.
"동자는 내가 보호하고 있지."
소하의 몸을 두르는 노란 기운. 소하 역시도 내공을 끌어올려 자신의 몸을 덮었다.
"아직 소하 동자의 수준으로는 독공을 완벽히 막는 것은 어려울 것이니 말이네."
"부탁하지."
척 노인은 고개를 돌렸다.
"꼬마, 내가 가기 전에 했던 말 기억하냐."
소하는 그것에 눈을 동그랗게 떴다. 이전 척 노인이 혈천옥을 탈출하기 전에 했던 말 때문이었다.

"'만약'을 대비해라."

무림에 살아가면서 늘 가슴에 새겨야만 한다고 말했었다. 자신이 예상하지 못한 일이 눈앞에 도래한다면 어쩔 수도 없이 바로 죽어버릴 가능성이 있었기 때문이었다. 그렇기에 늘 만약을 대비하고 가정해야만 했다.
"이 앞으로는 직선이다. 백로검이나 광천도, 십이능파도… 알고 있겠지?"
"알겠네."
현 노인은 고개를 끄덕이며 즉시 소하의 팔을 붙잡았다. 소하는 몸이 기우뚱 기울어지는 순간, 멍하니 척 노인을 바라보았다.

그는 움직이지 않았다.

오히려 선 채로, 뒤를 돌아보고 있었다.

"척 할아버지?"

소하의 물음에 그는 답하지 않았다. 그저 허공을 바라본 채로 양손을 들어 올리고 있을 뿐이었다.

"통로를 붕괴시키지 않고 독기를 늦추는 건… 요새에 정통해야만 가능한 일이지."

표정을 보이지 않았다. 목소리에는 웃음이 배어 있었다.

"내가 이곳을 무너뜨려서 시간을 벌어주마."

"지금 뭐라고 하시는 거예요!"

소하는 고함을 질렀다. 소리가 벽에 부딪치며 울려 퍼졌지만 척 노인은 들리지 않는다는 듯 서서히 노란 내공을 온몸에 두르고 있었다.

"천양진기는 모두 가르쳤다. 남은 건 네가 하기 나름이지. 할 수 없다면, 자질이 모자라다면 좋은 놈을 찾아 가르쳐라. 끊어지는 건 원하지 않아."

"잠깐, 잠깐, 할아버지! 이거 놔요!"

소하는 팔을 붙잡는 현 노인에게 화를 냈지만, 이내 마 노인은 소하의 허리를 감싸며 그대로 들어 올렸다.

"시간이 없다."

"될 수 있다면 내가 이룬 경지를 넘어서도록 해봐라. 분에 넘치게 환열심환도 먹었으니."

소하는 팔을 휘저었다.

"왜 할아버지가 이러는 거예요!"

"몰라, 이 빌어먹을 놈아."

척 노인은 허공을 올려다보았다.

"나도 몰라."

지하에서부터 시작한 독기, 이제 서서히 위쪽으로 올라오며 천장에 난 분사구에서 은은한 보랏빛의 독기가 흘러나오고 있었다.

"마지막으로 보여주마."

그 순간.

콰아아아아아앗!

소하의 눈이 동그랗게 변했다.

마치 태풍 같았다. 바람이 몰려들며 귓전을 두들긴다. 척 노인의 온몸에서는 눈이 시릴 정도의 빛이 솟구치며 그를 감싸고 있었다.

"이게 삼십이식(三十二式). 내가 할 수 있는 최고의 경지지."

공기가 떨린다.

벽이 부서지기 시작한다. 그저 서 있음에도, 그 내공을 이기지 못해 주변의 공간이 찌부러지고 있었던 것이다.

현 노인과 마 노인, 구 노인의 눈이 동시에 슬픔을 머금었다.

지금 척 노인은 자신의 체내에 있는 모든 내공을 일거에 불태우고 있었다.

"이제 가라. 빌어먹을 영감들아. 내공도 슬슬 한계들일 텐데."

척 노인의 말에 마 노인은 픽 웃음을 지었다.

"그러지."

이윽고 척 노인은 슬쩍 고개를 돌렸다. 그의 눈이 현 노인에게로 향하자, 현 노인은 경건히 고개를 숙여 예를 표한 뒤, 이내 뒤로 향하기 시작했다.

소하의 비명이 들렸다.

"척 할아버지!"

"너는 젊다."

소하는 얼굴이 잔뜩 일그러진 채 척 노인을 바라보고 있었다. 서서히 멀어지는 모습. 마 노인까지 뛰고 있었기 때문이었다.

"더 큰 곳으로 나아가라."

그는 마지막으로 그렇게 말했다.

이내 소하가 통로 멀리로 희미해져 가자, 척 노인은 픽 웃으며 손을 들어 올렸다.

"그 녀석이 살아 있었다면, 저놈만한……."

어느덧 아래에서 무인들이 보이고 있었다.

"허, 빨리도 오는군."

그들을 추적하고 있던 자들은, 척 노인이 혼자 있는 것을 보고는 검을 든 채로 달려들었다.

그는 시큰둥한 얼굴로 무인 한 명에게 손을 뻗었다. 그 순간 무인의 몸이 조각조각으로 터져 나가며, 사방에 핏물을 뿌렸다.

"뭐, 뭐야."

놀란 무인들은 독기가 퍼져 나가는 것도 눈치채지 못한 채 움찔대고 있었다. 손을 향한 것만으로 사람의 몸을 마치 폭약이 터지듯 터뜨려 버렸다. 바직거리는 내공의 기운이 주변의 벽들을 서서히 부수기 시작한다. 서 있는 것만으로 주변의 공간을 가루로 만들고 있는 것에 모두들 당황할 수밖에 없었다.

"귀여운 손자의 무림출도다."

척 노인은 음산하게 웃으며 말을 이었다. 눈이 시릴 듯한 빛이 사방을 메운다.

이것이 바로 만박자 척위현의, 무림 전체를 두렵게 만들었던 천양진기의 진짜 모습이었다.

"방해하지 마라. 이놈들아."

*　　　*　　　*

"이쯤이면 안전할 겁니다."

혁월련을 내려놓으며 성중결은 숨을 내뱉었다. 지나치게 내공을 사용해 몸속이 울렁거리고 있었다. 그는 가볍게 호흡을 고르며 주변을 둘러보았다.

'사독천주와 대원천주는 숨어 있겠군.'

일단 어떻게든 월교를 따르는 세력들을 규합해야만 했다. 무림맹의 기습과 배신한 세력들의 호응이 이렇게나 빠르게 이루어진 것으로 보아 오랜 시간 동안을 내통해 왔다고 생각해야 옳을 것이다.

"서, 성 아저씨……."

혁월련의 목소리. 연약한 표정을 지은 채 혁월련은 부르르 몸을 떨고 있었다. 타인의 살기를 이런 식으로 접해본 적은 처음이었기 때문이었다.

"안심하십시오. 제가 곁에 있습니다."

그리 말한 성중걸은 허공에 손을 뻗었다. 그러자 여기로 오면서 베었던 자들의 검이 둥실 떠올라 성중걸의 손으로 붙잡혔다.

혁월련은 아픔에 인상을 찌푸리며 부르르 떨고 있었다.

"그놈들……!"

"일단은 탈출이 우선입니다. 이대로라면 양쪽에서 공격을 당하겠군요."

그 순간 옆에서 사람의 기척이 느껴졌다. 성중걸의 손에 쥐어져 있던 검이 스르릉 하는 소리와 함께 떠오르며 그쪽을 겨누었다.

"만검천주, 무사했군요. 그리고 소교주님께서도 무사하셔서 안심했습니다."

드러난 것은 미리하의 모습이었다. 그녀는 자신을 따르는 냉옥천화대(冷獄天花隊)를 함께 대동한 채였다. 그러나 철옥과 천망산 지하의 치안을 담당하는 냉옥천화대의 숫자는 자연히 월교 바깥의 감시와 순찰을 담당하는 천검순시대보다 극히 적을 수밖에 없었다.

'천검순시대는 갈라져 버렸다. 전멸할 가능성도 있겠군.'

성중결은 상황을 파악하던 중 뒤쪽에 묶인 채 끌려오는 자를 보며 눈썹을 찌푸렸다.

"저건 누구지?"

"배신자죠."

미리하는 손을 뻗어 사지가 결박되어 있는 오균의 목을 붙잡았다. 끅끅거리는 소리와 함께 그가 마구 몸부림을 쳤지만, 이미 점혈이 되어 있어 제대로 말조차 할 수 없었다.

"대전의 지하에 지상으로 통하는 비밀 통로가 있습니다. 이미 외부가 제압당해 있을 가능성도 있으니……."

"그쪽으로 향해야 하겠군."

성중결도 고개를 끄덕였다. 이 상황에서 미리하의 도움은 상당히 고마운 일이었다.

미리하는 싱긋 웃어준 뒤 이윽고 오균의 아혈을 풀었다.

"헉, 헉! 내, 냉옥천주님. 살려, 살려주십시오!"

"살고 싶다면 빠르게 주둥이를 놀려."

그녀의 손가락에서는 서늘한 냉기가 쏟아지고 있었다. 오균의 얼굴이 더욱 새파랗게 질리는 모습이었다.

"무림맹의 인원들이 어디에 침입해 있고, 지금 이 안에서 무슨 짓을 하고 있지?"

멀리서 푸스스 소리가 들려온다. 그것이 무엇인지 알아본 성중결의 눈가가 찌푸려졌다.

"독을 풀고 있는 건가."

성중결의 말에 미리하의 표정은 더욱 굳어졌다. 사독천주의

짓임이 분명했다.
“처, 천망산에 있는 월교대전을 부, 붕괴시키려고 하는 겁니다!”
폭약을 사용하고 있다는 뜻이다. 그 말에 미리하는 더욱 짜증이 끓어오름을 느꼈다. 그렇다면 시간이 급했다.
“위치를 말해.”
오균은 정신없이 무림맹의 인원들이 흩어져 있는 자리를 말했다. 그녀의 차가운 눈은 계속해서 오균을 응시하고 있었다.
“제, 제가 아는 건 이게 전부입니다! 제가 실수했었습니다! 죄송합니다. 죄송……!”
그 순간 성중결의 검이 오균의 가슴을 파고들었다. 푸욱 소리와 함께 등을 뚫고 나왔다.
오균은 비명도 지르지 못한 채 입을 뻐끔거리다 숨이 끊어졌다. 미리하의 시선에 성중결은 빠르게 답했다.
“시간이 없다.”
그녀는 마음에 들지 않는다는 듯 한숨을 쉬었지만, 그의 말이 맞았다. 애초에 배신자를 살려둘 마음도 없었고 말이다.
“가시죠. 소교주님.”
그 말에 혁월련은 두려운 표정을 지었다. 붕괴? 폭약? 그가 듣기에는 너무나 무서운 단어들뿐이었다.
‘이런 자가 시천마의 후예라니.’
미리하는 경멸이 일었지만 일단은 그가 소교주인 데다 성중결이 그를 보호하고 있었기 때문에 동행해야만 했다.

"서두르지."

성중결은 냉옥천화대와 함께 빠르게 걸음을 옮겼다. 이곳을 빠져나가는 것이 상책이었다.

'무림맹.'

훈도 방장의 증오가 얽힌 눈을 떠올리던 성중결은 조용히 중얼거렸다.

"역시, 너희도 벗어나지 못했는가."

* * *

"얌전히 있어라."

마 노인의 목소리는 어두웠다. 소하가 몸부림을 치며 소리를 질렀지만, 그는 더욱 빠르게 앞으로 치고 나갈 뿐이었다.

"우린 진작부터 이럴 생각이었어."

"할아버지들……!"

소하는 그 뒤 들려오는 굉음을 느꼈다. 그것은 마치 귓전에 쏘아 박히듯 격렬하고, 지반을 떨리게 만들며 사방에 먼지를 뿜어내고 있었다. 척 노인이 뒤쪽을 붕괴시킨 것이다. 통로가 무너지며 먼지구름이 피어올랐다. 새하얗게 질린 소하의 얼굴을 본 현 노인은 침중한 목소리를 냈다.

"소하 동자야."

"내려주세요."

"안 된다는 걸 너도 알고 있을 거다."

마 노인은 단박에 소하의 말을 잘라 버렸다. 멍하니 그에게 매달려 멀어져 가는 먼지구름을 바라보던 소하는 이내 이를 꽉 악물며 고개를 숙였다.

"이럴 거면, 나가고 싶지 않았어요."

척 노인은 죽을 것이다. 체내의 내공을 모조리 불살랐다. 만약 저 폭발에서 살아난다고 해도 그의 육체가 내공이라는 거대한 힘을 견디지 못함을 이미 알고 있었다. 단전이 없는 이가 내공을 사용한다는 건 그 자체만으로도 위험한 도박이나 다름없었기 때문이었다.

"왜, 왜 말을 하지 않으셨……!"

"그럼 네놈이 나간다고 하지 않았을 테니까."

마 노인은 여전히 차디차게 그리 답하고 있었다. 그는 한 손에 든 목도를 허공에 휘둘렀다.

쩌러러렁!

벽에 금이 가며 터져 나간다. 마 노인은 앞을 가로막는 것들을 모조리 부수며 빠르게 걸음을 옮기고 있었다. 척 노인이 길을 막았다고 해도, 독기가 늦춰질 뿐 언젠가는 위로 올라오리란 것을 알고 있었기 때문이었다.

"어디까지나 만약이었다."

마 노인의 목소리는 끓어오르는 감정을 애써 참듯 떨리고 있었다. 그것에 소하는 눈을 크게 떴다.

"독을 막을 수 있는 건… 척 영감밖에 없었어."

기문진에 익숙한 척 노인만이 독이 흘러나오는 분출구를 파악해 시간이 늦춰지도록 붕괴시킬 수 있었다는 뜻이다. 노인들은 이미 눈빛으로 그 대화를 마친 상태였고, 척 노인은 순순히 자신이 남기를 결정했다.

소하는 입을 꽉 다물었다. 지금 세 노인이 얼마나 슬퍼하는지는 이미 알고 있었다.

"내려주세요."

"돌아간다면 안 된다."

소하는 주먹을 꽉 쥐었다. 알고 있었다. 척 노인이 희생까지 해가면서 연 길이다. 나아가야만 했다.

"네."

그것에 마 노인은 소하를 놓았고 소하는 땅에 착지하자마자 그들을 따라붙으며 빠르게 몸을 튕겼다.

굳은 얼굴, 하지만 소하는 입술을 꽉 깨물며 앞으로 나아가고 있었다.

또다시 한 층을 지났다. 남은 것은 세 개의 층. 그곳을 돌파하면 지상이 기다리고 있었다. 대전의 복도를 돌파하자 곧 위로 올라가는 거대한 복도가 드러났다.

그리고 앞쪽에서 큰 공동이 드러나는 순간.

화살비가 퍼부어졌다.

"크윽!"

순간 현 노인은 목검을 들어 소하의 앞을 가로막았고, 구 노인과 마 노인이 앞으로 쏘아져 나갔다. 소하는 두 노인의 몸이 움직이는 것을 홀린 듯 바라보았다. 마치 아름다운 춤을 보듯,

두 노인은 수십 발의 화살을 모조리 쳐 내버리며 나아가고 있었다.

그리고 공동의 앞에 서 있는 자들의 모습.

"월교천세!"

그 고함과 동시에 달려들기 시작한다.

"내가 제일 싫어하는 말을 하는군!"

마 노인의 오른손이 휘둘러졌다. 그러자 허공에 참격이 어리며 달려들던 다섯 명이 튕겨 나가 땅을 나뒹굴었고, 현 노인은 소하의 어깨를 쥐며 조용히 말했다.

"따라오거라!"

"네!"

구 노인의 발이 순식간에 셋을 쓰러뜨리고 있었다. 세 노인은 이전 천하오절로 불릴 정도의 고수들이었다. 단전을 잃었다고 해도 이런 자들에게 패배할 만한 실력은 아니었다.

전열(前列)이 붕괴하자, 곧 세 노인은 소하를 보호하면서 앞으로 치고 나가기 시작했다. 어차피 이들을 피할 수 없다면, 일점돌파를 노렸던 것이다. 구 노인의 발이 한 명의 가슴을 걷어차자, 그대로 상체가 으스러진 무인은 비명을 지르며 나자빠졌다.

"소하랑 앞으로 가!"

구 노인의 외침에 현 노인은 즉시 검을 휘둘렀다. 목검이 번쩍이나 싶더니만 몇 명이 옆머리를 얻어맞으며 쓰러지고 있었다.

'앞으로 세 층.'

현 노인은 눈가를 가늘게 뜨며 빠르게 거리를 계산해 보았다. 독기가 올라오는 데는 얼마 걸리지 않을 것이다. 최대한 속도를 내야 소하를 안전하게 이곳에서 탈출시킬 수 있었다. 수십이 넘던 수가 전부 기절하고, 이제는 다섯 남짓밖에 남아 있지 않았다.

"으, 으아아!"

무인들의 얼굴에 두려움이 어린다. 자신들의 상식을 뛰어넘는 무공에 당황한 것이다.

번개가 일었다.

구 노인의 발차기가 순식간에 꺾어지며 두 명을 기절시키자 현 노인은 즉시 소하의 팔을 붙잡으며 땅을 박찼다. 마 노인은 후미에서 나머지를 상대하며 천천히 뒤로 빠지려 하고 있었다. 그러던 중 그는 인상을 찌푸리며 움직이던 다리를 그대로 세웠다.

"현 영감."

마 노인의 목소리가 울렸다. 그 순간 현 노인이 멈췄다. 그의 목소리에 담긴 뜻이 무엇인지 알아챘기 때문이었다. 당황한 표정, 그러나 현 노인은 이내 깊은 숨을 내뱉었다.

"구 노인, 부탁하네."

"응."

구 노인은 즉시 앞으로 달리기 시작했다.

"소하, 나를 잡아."

소하는 순간 그들의 말에서 어색함을 느꼈다. 세 명이 움직이려 하고 있음에도 마 노인은 움직이지 않았다. 그저 조용히 선 채로 뒤를 응시하고 있을 뿐이었다.

"마 할아버지."

"거 참."

그는 뒷머리를 긁적이며 중얼거렸다.

"내가 두 번째가 될 줄은 몰랐군."

웃음이 어려 있는 목소리였다. 멀리서 보이는 것은 검은 옷을 입은 백에 이르는 무인 그리고 그 앞에는 거한 한 명이 주먹을 움켜쥔 채로 다가오고 있었다. 소하가 보기에는 충분히 몸을 돌려 도망칠 수 있을 거라 생각했다. 하지만 마 노인은 그저 묵묵히 서 있을 뿐이었다.

저 거한이 마음만 먹으면 얼마든지 이리로 쇄도할 수 있다는 걸 알기 때문이었다.

타앗!

땅을 박차는 순간 수 장을 좁힌다.

철은천주 아회광의 주먹이 허공을 때렸다. 격공(擊空)의 한 수! 그것은 명백히 소하를 노리고 있었다.

"음!"

눈썹을 꿈틀거린 현 노인은 바로 목검을 들어 올렸지만, 아회광이 쏘아 보낸 권풍은 소하를 공격하지 못했다.

"마침 엉망진창으로 패둬야 할 놈도 생겼으니, 마냥 나쁘진 않군."

옆으로 목도를 뻗은 마 노인은 단칼에 아회광의 권풍을 무효화시키며 인상을 썼다. 그가 소하를 노린 것은 마 노인의 관심을 끌기 위해서임을 알아챈 것이다. 아회광은 자신의 일수를 단숨에 무효화시키는 마 노인의 실력을 보고는 고개를 저으며 자리에 섰다.

"이거, 이거. 역시 제법 강하군."

그러나 오히려 그의 입가에는 미소가 내걸리고 있었다.

"드디어 따라잡았다. 무너지는 통에 한참 고생했어."

"예의도 없는 놈이로군. 네놈과 대화할 마음은 없다."

마 노인은 후욱 하고 숨을 들이켰다. 내심 씁쓸한 마음이 드는 것은 어찌할 수 없었지만, 마 노인은 본능적으로 자신이 무엇을 해야 하는지 알고 있었다.

"지켜보고 있지 않다고 수련 빼먹지 마라. 빌어먹을 놈아."

"마 할아버지."

"어지간하면 돌아갈 거다. 벌써 죽을상 짓지 마."

소하의 멍한 목소리에 그를 붙잡은 구 노인은 달리기 시작했다. 시간이 없었다. 언제 독기가 다시 올라올지 모르기 때문이었다.

"소하야."

들려오는 목소리에 소하는 고개를 돌렸다. 마 노인은 적들을 앞에 둔 채로 평온하게 말을 잇고 있었다.

"감기 조심해라."

그 말에 멀어져 가던 소하는 침묵할 수밖에 없었다. 마침내 현 노인마저 안쪽으로 사라지자, 곧 수십 명의 묵철오원대가 앞으로 쏘아져 나가려 했다.

그러나.

콰지지지지직!

그 순간 허공에는 거대한 참격이 남았다.

"여기부터는 막힌 길이다."

바닥에 마치 요술처럼 참격의 자국이 생겨난다. 길게 횡으로 바닥을 베어버린 마 노인은 이죽거리는 표정을 들어 올리며 말을 이었다.

"고혼(孤魂)이 되고 싶은 놈들만 앞으로 나오도록."

"나를 상대하면서 묵철오원대까지 상대하겠다?"

아회광은 혀를 찼다. 자신이 어지간히 얕보인 모양이라는 생각이 들었던 것이다. 시천월교의 오대천주에 임명된 뒤 자신에게 이러한 태도를 보이는 자는 한 명도 없었다. 그런 아회광의 자신만만한 목소리에 마 노인은 허어 하고 혀를 찼다.

"자만하지 마라. 근육 꼬맹아."

아회광의 얼굴이 일그러졌지만 마 노인은 여전히 비웃는 표정으로 입가를 비틀어 올렸다.

"그래도 여유가 남으니까."

"하하하하하!"

아회광은 격하게 웃으면서 손을 펼쳤다. 그 역시 마 노인의 몸에 응축되어 있는 힘을 얼추 알 수 있었기 때문이었다. 그는 아직 마 노인이 단전을 잃었다는 것을 몰랐지만, 경맥에 응축

된 내공만으로도 마 노인은 고수의 반열에 오르기 충분한 이였다.

"재미있군! 소원이라면 들어주지!"

아회광의 몸에서 뿜어져 나간 내공의 힘이 허공을 물들이기 시작했다. 그가 자신의 힘을 개방하기 시작한 것이다. 그것을 시큰둥하게 바라보던 마 노인은 이내 조용히 중얼거렸다.

"더 이야기를 하고 싶었건만."

"묵철오원대!"

아회광의 고함에 즉시 수백에 이르는 묵철오원대의 인원이 마 노인 한 명에게로 달려들기 시작했다.

"언제나 후회는 남는군."

그 순간.

아회광의 두 눈이 동그랗게 변했다.

이십의 대원이 허공을 날고 있었다. 아니, 그들의 상반신만이 허공을 날고 있었다.

갈기갈기 찢긴 몸. 그것은 목도에 씌워진 패력에 의해 이뤄진 결과였다.

마 노인은 전신에서 찌릿거리는 기운을 솟구쳐 올렸다. 그가 익힌 내공심법인 황망심법(黃罔心法)은 내공으로 전신을 활성화시키며 마치 번개 같은 기운을 튀기기 시작했다. 비스듬히 내린 목도. 그러나 내공이 둘러진 순간 그것은 어마어마한 절삭력을 지니게 되었다.

"여기서부터는."

그는 섬뜩한 빛을 눈에서 뿜어내며 서릿발 같은 고함을 내질렀다.

"한 놈도 앞으로 보내지 않는다!"

*　　　*　　　*

쿠르르르릉……!

"음?"

지하에서 싸우고 있던 제갈위는 문득 들려오는 굉음에 인상을 찌푸렸다. 겨우 천검순시대를 무찌르고 길을 찾아 올라가고 있었건만, 지하가 붕괴하고 있는 모습이 보였기 때문이었다.

'폭약을 사용했긴 하지만, 그건 어디까지나 이동할 장소를 간추리기 위해서였다.'

본디 다른 쪽의 비밀 통로를 통해 훈도 방장을 포함한 여러 고수들이 진입하고, 자신들은 지하에서 치고 들어가 양동을 노린다는 계획이었다. 그런데 지금은 지하가 붕괴의 조짐을 보이고 있는 상황이었다. 다른 자들이 어떤 수를 취했을지 몰랐기에, 제갈위는 얼른 주변의 무인들을 다독이며 걸음을 옮겼다.

"잠깐!"

제갈위는 팽역령을 잡아채며 고함을 질렀다. 그를 포함한 다른 무인들은 무슨 일이냐며 제갈위를 돌아보았지만, 제갈위는 침중한 표정으로 천장을 향해 눈을 들어 올리고 있었다.

"뭔가가 이상합니다."
"무슨……?"
그 순간 팽역령을 포함한 모두는, 뒤쪽에서 들려오는 비명을 보았다.
"꺼, 꺼으윽! 카악!"
입에서 핏물과 함께 내장을 토해내고 있는 자의 모습. 흐물흐물하게 녹은 붉은색이 주르륵 입에서 흘러나와 땅으로 떨어졌다. 그리고 곧 그의 살이 녹아내리기 시작했다. 허우적거리며 살려 달라 하지만 위협을 느낀 모두는 재빨리 그에게서 멀어지기 시작했다.
"독!"
제갈위의 고함과 동시에 중독된 이의 뒤쪽에 있는 자들도 허우적거리기 시작했다. 보라색 독기, 그것을 본 팽역령은 으득 이를 악물며 내공을 끌어올렸다.
"미친 마교 놈들! 아군까지 몰살시킬 참인가!"
"움직입시다!"
닿은 순간 살을 썩게 만든다. 분사되고 있는 것이 맹독임을 확인한 제갈위는 즉시 무인들을 움직이도록 만들었다.
"위층에서 내려 보내고 있는 건가……?"
그는 주변을 둘러보며 인상을 찌푸렸다. 제갈위 역시 기문진과 각종 진법으로 유명한 제갈세가의 자제였기에 이런 요새에서 어떤 식으로 독을 푸는지는 알고 있었다.
'하지만 그렇다고 보기에는 좀 늦다. 아니, 문제가 있는 것

같군.'

제갈위는 몰랐지만, 위쪽에서 척 노인이 중간부를 붕괴시켜 독의 전진을 막아버린 탓에, 분사구에서 독이 균등하게 새어나오도록 했어야 할 진법 장치들이 망가져 버린 것이다. 그렇기에 진작 몰살당했어야 하는 무림맹의 무인들은 아직 전멸하지 않은 상태였다.

"서둘러야 합니다!"

제갈위의 눈은 아직 독이 퍼져 있지 않은 통로를 금방 찾을 수 있었다. 그는 모두를 선도하며 빠르게 손을 휘저었다. 그렇다고 해서 안전한 것이 아니다. 아까 죽었던 자에게서 보았듯, 독은 점차 지하를 향해 흘러들고 있기 때문이었다. 통로를 통해 위로 올라가야만 했다. 들어왔던 비밀 통로를 통해 다시 빠져나간다는 방법도 있겠지만, 그렇게 하면 소림의 훈도 방장을 포함해 많은 고수가 위험에 빠질 수도 있었다.

'연락도 닿지 않는다.'

앞으로 보냈던 자들에게서는 연락이 없었고, 소림의 훈도 방장이 이쪽으로 보냈어야 할 연락책 역시 오지 않았다. 중간부에서 격렬한 싸움이 벌어지는 모양이었다. 제갈위는 고민했다. 잘못하면 전멸할 수도 있는 상황이었기 때문이었다.

"어이, 신룡!"

팽역령의 손이 제갈위의 어깨를 붙잡았다.

"뭘 어떻게 해야 하지?"

그는 이들의 지휘를 맡은 자였다. 팽역령의 우악스러운 손길에 제갈위는 헛 소리를 내더니만 이윽고 고개를 세차게 저었다.
"일단 위쪽 통로로 향해야 합니다. 아마 어딘가에서 붕괴가 일어나 부분적으로만 독이 퍼지고 있는 모양입니다."
"들었겠지? 다들 움직여라!"
팽역령의 쩌렁쩌렁한 고함에 무인들은 재빨리 비어 있는 통로를 향해 달리기 시작했다.
"정신 차리고 따라와! 네가 죽으면 우리도 곤란해지니까!"
팽역령의 고함에 제갈위는 잠시 허탈한 웃음을 짓다 고개를 끄덕였다.
"알겠습니다! 여기서 죽을 마음도 없고 말이죠!"
"흐! 누구나 그렇지!"
두 무인은 재빨리 다른 이들을 선도하며 앞으로 향하기 시작했다. 그러나 달리던 제갈위는 아직도 뭔가가 계속 찜찜하게 마음속에 남아 있는 것을 느꼈다.
'시천월교에 소속된 자들이 자신들의 주거지인 천망산에 독을 풀 이유는 없다. 이긴다 해도 이 장소를 포기해야 할 테니까.'
그의 마음을 자꾸 쿡쿡 찌르는 가시, 그것은 이 독을 푼 주체에 대한 문제였다.
'훈도 방장… 설마.'
제갈위는 어두운 안색을 한 채 독기로 가득 차고 있는 지하를 벗어나기 시작했다.

*　　　　*　　　　*

구 노인은 빠르게 발을 옮기고 있었다.

이들 사이에 더 이상 말은 없었다. 소하는 멍한 눈을 아래로 향한 채 그저 달리고 있을 뿐이었다.

'마 할아버지까지.'

척 노인과 마 노인이 사라졌다. 소하는 그 감정을 도저히 이해할 수가 없었다. 마음속에서 마치 용암처럼 들끓는 감정, 그것은 이전 영보의 잘린 손을 봤을 때 그리고 운현의 피범벅이 된 몸을 안았을 때 느꼈던 것과 같았다.

"독이 차오르는군."

서서히 다리 아래로 독기가 번지고 있었다. 아마 이 요새의 다른 방향에서 분사된 독인 듯싶었다. 현 노인은 온몸에 내공을 두른 뒤, 소하를 자신이 감싸려 했다.

"소하, 내 등에 업혀."

구 노인이 고개를 돌리며 그리 말했다. 소하는 멍한 눈을 그에게로 돌렸다. 구 노인은 이제까지 보지 못했던 진지한 표정을 지은 채 소하를 바라보고 있었다.

"내가 제일 빨라. 소하를 데리고 가기 편해."

"구 노인의 말이 맞다."

현 노인이 그리 말하자, 소하는 그의 등에 업히며 고개를 묻었다. 계속해서 달린 덕에 뜨거운 기운과 함께 퀴퀴한 냄새가 코에 풍겨왔다.

삼 년 동안 늘 자신과 함께 해온 냄새였다.

"소하 마음은 이해해."

구 노인은 속도를 올렸다. 그러자 번개처럼 쏘아져 나가기 시작했다. 소하는 그의 등 위에서 휙휙 뒤로 지나가는 풍경들을 보며 이를 꽉 악물었다.

"구 할아버지… 저는……."

"모두 소하를 만나서 바뀌었어."

타닷!

독기를 피한 구 노인은 현 노인이 따라붙고 있는 것을 확인한 뒤, 앞을 바라보았다.

이 층으로 올라가는 곳엔 거대한 다리 하나가 존재하고 있었다. 그러나 그곳은 모두 보라색 독기로 뒤덮여 있었다. 이미 사독천주의 맹독인 비라설이 번져 있는 모습에, 현 노인은 후우 하고 숨을 내뱉었다.

"일단 조금이라도 날려 보내야 하겠군."

그러자 현 노인이 든 목검이 허공에 궤적을 그렸다.

쏴아아아악!

대기가 갈라지며 독기가 흩어진다. 아주 일순간, 그러나 두 노인은 엄청난 속도로 땅을 질주하며 그 틈을 이용해 다리로 향하고 있었다.

하지만 비라설은 계속해서 솟구쳐 온다. 허리 끄트머리까지 올라온 독기. 소하는 구 노인의 내공이 더 이상 견디지 못한다는 것을 느꼈다.

당연했다. 경맥을 손상시켜 가면서까지 내공을 전개하고 있는 상황인 데다 치열한 싸움까지 거쳤으니 이제까지 모아온 내공이 바닥을 드러내고 있는 것이다. 더군다나 지금 그는 소하마저 내공으로 감싼 채 달리고 있었다.

"구 할아버지!"

소하의 고함에도 구 노인은 평온하게 되받았다.

"다시는 이런 날이 없을 줄 알았어."

그는 웃고 있었다.

이전처럼 순진한 미소를 지은 채로 중얼거렸다.

"동생이랑 놀았을 때가 기억나. 여기 와서도 다른 사람들하고 이렇게 함께 놀 수 있을 줄은 몰랐어."

그의 다리에서 핏물이 번진다. 서서히 내공의 벽이 깨져가고 있는 것이다. 소하는 손을 부르르 떨었다. 천양진기의 수준이 낮은 소하는 저 독기의 안에 들어가는 순간 그대로 죽어버리고 말 것이다. 구 노인은 그렇기에 남은 내공을 모조리 짜내어 소하를 감싸고 있는 것이고 말이다.

"그래서 항상 소하에게 고마웠어."

몇 장의 거리. 그러나 소하에게는 그것이 천리와도 같이 느껴졌다. 서서히 구 노인의 몸으로 독이 퍼져 나가고 있었다.

현 노인은 전신에서 내공을 전개하며 인상을 찌푸렸다. 구 노인의 속도가 느려지고 있음을 알았던 것이다.

"구 노인!"

"무림은 무서운 곳이야. 아프고… 사람을 미워하게 돼."

구 노인은 가쁜 숨을 내뱉으며 그렇게 말했다.
"하지만 그런 곳에도 즐거움은 있어."
그의 고개가 슬쩍 돌아갔다. 구 노인은 소하를 돌아보며 씩 웃고 있었다.
"좋은 사람들은 있어."
현 노인은 구 노인을 앞질렀다. 다리의 끝에 도달한 그는 목검을 들어 세차게 검풍을 쏘아내었다. 그 순간 구 노인의 앞을 막고 있던 독기가 흩어져 사라졌고, 그와 동시에 구 노인은 전신에서 피를 흘리며 내공을 전개했다.
천영군림보.
전 무림에 이름을 떨쳤던 천하제일의 경공이 펼쳐지자 소하는 마치 하늘을 나는 것만 같았다.
"그러니까."
몸이 기울었다.
소하는 눈을 커다랗게 떴다. 구 노인은 다리의 중간부에서 소하를 앞으로 집어던진 것이다.
독기가 다시 차오른다.
소하는 손을 뻗었지만 구 노인은 그것을 붙잡지 않았다.
"행복하게 살아야 해."
그는 미소를 짓고 있었다.
현 노인은 소하를 품으로 받았다. 뒤로 밀려나며 즉시 몸을 돌리는 그의 모습. 이미 이 층으로 향하는 통로는 모조리 보라색 독기로 차오르고 있었기 때문이다. 소하는 입을 벌린 채 뒤를 바라보고 있었다. 서서히 쓰러지며 무릎을 꿇는 구 노인의 잔영만이 어렴풋하게 비칠 뿐이었다.

"구 할아버지……."

소하는 참을 수 없는 감정에 잔뜩 얼굴을 일그러뜨릴 수밖에 없었다.

"눈물을 보이지 말거라."

현 노인은 굳은 표정으로 소하를 안은 채 앞으로 달렸다. 그는 구 노인처럼 경공에 뛰어난 편이 아닌지라 아까와 같이 독기로 가득 찬 곳에서 소하를 보호하기 어려웠다. 그렇기에 더 독이 차오르기 전에 소하를 일층으로 보내야만 했다.

"지금은 나아가야만 한단다."

*　　　*　　　*

"왜 아직까지 싸움이 끝나지 않은 거지?"

대원천주 비위의 말에 사독천주 염홍인은 가득 인상을 썼다. 그 역시 그 사실을 이해하지 못하고 있었기 때문이었다. 아껴두었던 비라설을 기화(氣化)시켜 천망산 전체에 풀었다. 순식간에 월교대전의 지하에 있는 자들을 전멸시킬 수 있는 양이었건만!

"폭약을 잘못 쓴 걸 수도."

어딘가가 붕괴되어 분사구에 이상이 생긴 걸 수도 있다. 여기서 그걸 확인할 수는 없었기에 염홍인은 툴툴대고만 있을 뿐이었다. 어차피 이곳은 안전하다. 그들이 택한 곳은 월교대전의 이층이자 사람이 방문하기도 어려운 구불구불한 길목에 위치한 자리해 있었다.

"양은 제대로 분배했겠지? 못 나가고 죽는 건 사양이야."

비위의 물음에 염홍인은 혀를 찼다.

"나를 뭘로 보고 그런 말을 하는 건지. 어차피 통로는 다 마련되어 있다. 무림맹 놈들이 준비하고 있어."

그의 엄정한 기준으로 결정된 계획이었다. 무림맹과 결탁해 천망산 내부의 도주로를 막아버린 뒤, 내부를 몽땅 독으로 채워 무림맹의 무인들과 월교의 잔당을 전멸시키려는 생각이었던 것이다. 비위는 소림사의 훈도 방장이 이를 승인했음을 알고 픽 웃음을 지었다.

"소림사 놈들도 결국 껍데기를 벗겨보면 다 똑같군."

"중놈들이라 해도 별수 없지."

비위는 기분 좋은 듯 옆에 놓인 음식들을 입으로 집어넣고 있었다. 이런 때에도 배가 고파하는 그가 한심하다는 듯 잠시 흘겨보던 염홍인은 고개를 돌렸다. 일단 바깥에 다시 상태를 물어 더 위험해질 시 자리를 옮기려던 것이다.

"밖에 있는 놈, 이리로 와라!"

크게 고함을 쳤지만 묵묵부답이었다. 그것에 음식을 먹던 비위의 눈가가 슬쩍 꿈틀거렸다. 밖에는 두 천주의 부하들을 대기시켜 둔 뒤였기 때문이었다.

염홍인의 눈가가 일그러졌다.

"들리지 않느냐! 어서 이리로……!"

콰아아아앙!

대답 대신 돌 벽이 터져 나가고 있었다. 놀란 비위는 즉시 내공을 끌어올려 몸을 감쌌고, 염홍인 역시 독수를 뻗어 날아오는 돌덩이들을 쳐냈다.

벽을 부순 것은 세 개의 칼이었다.

염홍인과 비위의 얼굴이 새파랗게 변했다.

"마, 만검천주……."

딱딱하게 굳어 있는 염홍인의 부하 한 명을 옆으로 치운 미리하는, 이내 매혹적인 웃음을 지었다.

"다시 보게 됐네요. 대원천주, 사독천주."

"큭… 어떻게 이렇게 빨리……!"

예상치도 못한 두 명의 등장에 염홍인은 양손에 독기를 응축시켰다. 그들을 노려보는 비위와 염홍인의 시선에 성중결은 담담히 답했다.

"너희들이라면 가장 자신이 안전할 만한 곳에 숨어 있으리라 확신했다. 그리고 예측이 맞았군."

"이놈!"

벼락같은 고함을 내지른 비위의 손에서 검은 기운이 뿜어져 나갔다. 그의 현혼장을 가까운 거리에서 상대한다면, 제아무리 현재 월교의 최강자라 불리는 만검천주라도 버거울 거란 생각에서였다. 하지만 미리하의 손이 뻗어졌다. 그녀의 연검은 서슬 퍼런 냉기를 뿜어내며 현혼장을 받아쳤고, 장력은 쩌억 소리를 내며 허공에 흩어져 버리고 있었다.

"대원천주!"

염홍인은 고함과 함께 독수를 전개했다. 현혼장을 쏘아내느라 비어버린 가슴팍을 향해 만검천주의 칼 하나가 달려들고 있었던 것이다. 사독천주의 야보설이라 이름 붙여진 독공은 닿는 적의 몸을 뭉텅 떨어지게 만들 정도로 강도 높은 독을 품고 있었다. 달려들던 칼날이 막히며 녹아들었고, 비위는 그것에 겨우 목숨을 부지할 수 있었다.

푸욱!

하지만 염홍인은 입을 쩍 벌렸다. 순간 질풍처럼 주변을 뒤흔든 칼날이 자신의 등과 어깨를 찔러 들어왔던 것이다.

비위를 지키기 위해 독공을 쏘아낸 게 패착이었다.

"이런, 젠장……."

말을 이을 틈도 없이 염홍인의 미간에 칼이 꽂혀 들어갔다.

좁은 방, 염홍인의 급작스러운 죽음을 본 비위는 으득 이를 악물며 옆쪽에 놓여 있는 책장을 무너뜨렸다.

콰라라락!

그러자 곧 들어 있던 책들이 마구 펼쳐지며 쏟아져 나온다.

"빌어먹을! 빌어먹을!"

당황한 비위의 입에서 고함이 터져 나왔다. 염홍인이 죽은 이상, 자신에게 승산이 없다는 것을 느끼고 있었던 것이다. 성중결이 여기까지 도착한 것부터가 그들의 예상을 뛰어넘은 일이었다. 그리고 미리하와 성중결의 공격을 비위 혼자서 당해낼 수는 없었다.

써억!

비위의 두터운 오른팔이 단칼에 잘렸다. 이윽고 연검이 휘어 들며 아래에서 위로 왼팔을 잘라내었고, 양팔을 잃고 피를 분수처럼 뿜어내는 비위의 앞에서 미리하는 차디차게 중얼거렸다.

"이제 몸무게가 좀 줄었겠네요."

"끄, 으으으으!"

비위는 무릎을 꿇으며 필사적으로 살 방도를 생각해 보았다. 일단은 그들에게 정보를 넘기는 한이 있더라도 상황을 넘기고 싶었던 것이다.

"만검천주! 사, 살려주시오, 나는… 정보를……!"

"너희가 준비한 탈출 경로를 말해라."

성중결은 그것을 알기 위해 급히 이리로 도달했던 것이다. 그러자 무릎을 꿇은 비위는 숨을 쌕쌕 뱉으며 힘겹게 꿈틀대고 있었다.

"지혈, 지, 지혈을 해야… 내가 죽으면 알 수 없잖소……."

"지금 죽고 싶다면 그렇게 해주지."

얼음처럼 차가운 목소리에 비위는 부르르 몸을 떨었다. 성중결에게 무슨 말을 하더라도 의미가 없다는 걸 깨달은 것이다. 그러나 그는 억울했다. 다른 무인들을 내려다볼 수 있는 뛰어난 무공을 지니고도 이리 허무하게 죽는다는 게 억울했던 것이다.

"좌… 측 통로가… 무림맹과 약조한……."
"그렇군."
성중결의 검은 비위의 목을 그대로 관통했다. 그는 이럴 순 없다는 표정으로 버르적거리며 목을 돌려댔지만, 시뻘건 핏물이 검신을 타고 아래로 뚝뚝 흘러내리는 것을 막지 못했다.
순식간에 일어난 비위와 염홍인의 죽음. 미리하는 내심 안도의 한숨을 토했다.
'제대로 상대했더라면 고전했을 거야.'
그들은 시천월교의 천주들이다. 갑작스러운 기습으로 염홍인을 처리했기에 다행이지, 만약 좁은 방이 아니라 넓은 자리에서 싸웠다면 그들의 무공에 고전을 면치 못했으리라.
"소교주님. 일단 이 근처에서 나갈 길이 있다고 하니, 그리로 가시죠."
미리하의 말에 혁월련은 고개를 끄덕이고 있었다. 잔뜩 움츠린 몸. 어떻게 상처를 지혈하기는 했지만 혁월련은 아직도 다리에 입은 검상의 아픔에 절뚝거리고 있는 상황이었다.
'정말 귀찮군. 다 큰 사내가…….'
미리하는 속으로 혀를 차며 빠르게 걸음을 옮겼다. 일단 비위와 염홍인이 무림맹과 내통해 만들어놓은 통로를 향해 나아가야만 했다.
서걱! 서걱!
살을 베는 소리는 마치 앞을 가로막는 나뭇잎을 쳐 내는 것만 같았다. 성중결의 앞에 서 있던 무인들은 순식간에 검하고

혼(劍下孤魂)이 되어 땅을 나뒹굴고 있었다.

"마, 마교 놈들이다!"

검이 휘몰아치며 단숨에 앞에 서 있는 자들을 찔렀다.

무인들이 나가떨어지고 나서야 성중결은 이곳이 어떤 구조로 되어 있는지를 제대로 확인할 수 있었다. 지금 성중결과 미리하가 나온 통로의 반대편에도 위층과 연결되어 있는 통로 하나가 있다. 그곳에서 모습을 드러내고 있는 건 무림맹의 무인들이었다.

"적이다!"

"계속해서 오는가."

성중결은 한숨을 내뱉었다. 아무리 그라고 해서 내공이 무한정 샘솟지는 않는다. 수없이 적을 베었지만 그래도 아직 덤벼드는 이들은 많았다.

"포위됐군요."

양쪽에서 공격당하면 귀찮아지는 건 당연한 일이었다. 미리하의 목소리에 성중결은 조용히 옆을 눈짓했다.

"냉옥천주, 소교주님을 모셔라."

그 말에 미리하의 눈이 커졌다. 그가 가리키는 곳은 이전 비위와 염홍인이 빠져나가려 했던 통로였다. 지금 성중결은 홀로 이곳을 막겠다 말한 것이다.

"혼자 막을 수는 없어요."

"방법이 없다."

그 말에 미리하는 눈살을 찌푸렸다.

"냉옥천화대!"

"존명(尊命)!"

그 말과 동시에 성중결의 주위로 냉옥천화대의 인원들이 흩어지기 시작한다. 그를 돕겠다는 뜻이었다. 성중결은 그것을 보다 조용히 입을 열었다.

"예를 표하지."

미리하는 슬쩍 웃고는 혁월련의 팔을 붙잡았다.

"소교주님. 이동해야 합니다."

"서, 성 아저씨."

당황한 혁월련은 질린 표정으로 입을 열었다. 성중결이 있었기에 지금까지 겨우겨우 도망칠 수 있었던 것이다. 하지만 이곳에 성중결이 남는다면? 혁월련은 불안할 수밖에 없었다. 그에게 있어 이 시천월교 내에서 유일하게 기댈 존재는 바로 성중결뿐이었던 것이다.

"먼저 움직이십시오. 이들을 늦춘 뒤 합류하겠습니다."

미리하는 혁월련이 무어라 말을 할 새도 없이 그를 잡아끌었다. 시간이 없었던 것이다. 혁월련이 사라지자, 성중결은 자신과 함께 전투 태세를 취하는 냉옥천화대에게 입을 열었다.

"너희에게도 예를 표한다."

그들은 모두 답하지 않았다. 검을 든 채로 달려들고 있는 무림맹의 무인들을 주시할 뿐이었다.

"너희의 목숨으로 이 월교를 살릴 수 있다."

성중결은 양손을 펼쳤다. 그와 동시에 허공에 자리하던 그의 칼과 죽은 자들이 쥐고 있던 검들이 풀려 나와 휘돌기 시작했다.

여덟 자루의 검.

그는 내공을 전개하며 나직이 읊조렸다.

"죽는 한이 있더라도 이곳에서 저들을 막아야 한다."

*　　　　*　　　　*

"다행입니다. 이렇게 빨리 합류할 수 있어서."

무림맹의 젊은 무인 한 명은 화색이 도는 얼굴로 그렇게 말했다. 이들이 이전부터 무림맹에 정보를 넘겨왔던, 백영세가의 무인들이라는 사실을 알고 있었기 때문이었다. 무림인에게 있어 생명과도 같은 단전을 잃는 수치를 겪으면서도 투지를 잃지 않고 계속해서 무림맹에 정보를 전해준 곽위와 정욱이 있었기에 이번 계획이 한층 쉽게 전개될 수 있었다.

유원은 이마에 어린 땀을 닦으며 고개를 들어 올렸다. 소하와 헤어진 뒤 갑작스레 일어난 붕괴를 피해 겨우 도망칠 수는 있었지만, 잃은 인원이 너무나 많았다.

"독을 풀 줄은… 역시 마교 놈들은 악독하군요."

무인은 그렇게 말하며 한숨을 내뱉었다. 월교대전에 들어와 사람들을 구출하던 무림맹의 무인은 수가 절반 이하로 줄어 있었다. 비라설이란 독에 중독된 순간 그대로 몸이 썩어버렸기 때문이다.

이곳에는 이제까지 월교에 잡혀 있던 이들이 함께 자리해 있었다. 몸이 약하거나 무공을 잃은 자가 대다수였기에, 다들 탈출하는 과정에서 어딘가를 다친 상황이었다.

"일단 붕대와 연고를 드리겠습니다."

젊은 무인은 아름다운 유원의 모습을 보고서는 활달하게 이곳저곳을 돌아다니며 붕대를 가져온 터였다. 일단 칼에 찔렸던 정욱의 어깨에 붕대를 다시 감아준 유원은, 이내 겨우 숨을 뱉었다. 안전한 곳에 겨우 도달했다는 생각이 들었던 것이다.

"저, 소협."

"예?"

젊은 무인이 냉큼 답하자 유원은 걱정스러운 표정으로 물었다.

"이곳에 있는 사람이 전부인가요?"

"아마 바깥으로 통하는 탈출구는 더 있겠지만… 이곳이 가장 안전합니다. 그래서 보통 월교대전 내에 계셨던 분들은 이곳으로 모시도록 하고 있죠."

유원은 슬쩍 옆쪽을 바라보았다. 이곳은 월교대전의 가장 끄트머리, 천망산의 밖으로 통하는 곳이기도 했다. 푸르른 하늘과 시원한 바람 덕에 유원은 흩날리는 앞머리를 손으로 누르며 말을 이었다.

"혹시……."

"예?"

소하의 모습이 보이지 않았다. 그가 아직 탈출하지 못했을까 싶어 유원은 걱정스러운 표정을 지었지만, 이내 한숨을 내뱉었다. 여기서 그를 찾는다고 해서 좋을 게 없다는 생각이 들었던 것이다.

'세가에서 내가… 살았다는 것을 알면.'

그녀는 입술을 꽉 깨물었다.

"아무것도 아니에요."

몸을 돌리는 모습. 젊은 무인은 머쓱하니 그것을 바라보다 곧 통로 쪽으로 걸음을 옮겼다. 또 다른 자들이 이리로 피신해 온 듯했기 때문이었다.

곽위가 손목에 부목을 받치며 그녀에게로 다가왔다.

"아가씨. 세가를 걱정하시는 겁니까."

"…내가 살아 있는 걸 알게 될 테니까."

그녀의 말에 곽위는 씁쓸한 표정을 지었다. 백영세가가 유원을 꺼려한다는 사실을 이미 알고 있었기 때문이었다. 그렇기에 그녀는 시천월교를 탈출하면서도 걱정이 함께할 수밖에 없었다.

"일단은 아무 걱정 마시지요. 세가에서도 그동안 다른 이들이 소가주님에게 간언(諫言)하겠다 말했었습니다."

유원의 표정은 여전히 어두울 뿐이었다.

그리고.

"크아아악!"

비명이 들렸다.

눈을 돌린 유원과 곽위는 아까까지 자신들과 대화를 나눴던 젊은 무인이, 피를 뿌리며 쓰러지는 것을 보았다. 가까이 있던 자들이 비명을 지른다. 거기서 나타난 것은 두 명의 모습이었다.

미리하는 연검을 회수하며 앞을 노려보았다.

'수가 적어서 다행이군.'

젊은 무인들 열댓 명. 미리하 혼자서도 어떻게든 정리할 수 있는 상황이었다. 하지만 일단 그들을 모조리 죽이는 것보단 이들을 어떻게든 구석에 얌전하게 제압해 두는 게 더 편할 것이다.

"살고 싶은 자들은 옆쪽으로 움직여라."

그 말에 무림맹의 무인들은 칼을 빼들며 그녀를 겨누었다.

"아, 악적 놈!"

"한 명 더 죽여야 알아듣겠나 보지?"

미리하의 서늘한 목소리와 동시에 주변에 냉기가 어리기 시작했다. 그녀가 자신의 무공인 혈음매화를 펼치고 있었던 것이다. 그것에 모두가 두려운 표정을 지었다. 미리하는 분명 아름다웠지만, 방금 벤 무인의 피가 온통 그녀의 하얀 피부와 옷섶을 물들이고 있었다.

"방해하지 않는다면 죽이지 않겠다."

지금은 탈출이 우선이었다. 마음에는 들지 않았지만 혁월련이 있어야 차후 월교의 명분을 들고 다시 일어설 수 있기 때문이었다. 두려운 표정으로 고개를 숙이는 모습. 미리하는 혁월련을 돌아보았다. 그가 아직도 두려워하고 있을 거란 생각에서였다. 하지만 혁월련은 그들의 두려운 표정에 조금 안심했다는 표정으로 당당하게 걸음을 앞으로 향하고 있었다.

어쩌면 시천월교의 소교주가 덜덜 떠는 꼴을 다른 이들에게 보일 수 없다는 자존심일지도 몰랐다.

'어느 쪽이든 한심하군.'

미리하는 그렇게 중얼거리며 혁월련을 따랐다.

그런데.

"저건……."

혁월련의 눈에 이채가 흘렀다.

미리하가 제지하기도 전에 그는 터벅터벅 옆쪽으로 움직이던 이들에게로 걸어가 유원의 팔을 부여잡았다.

놀란 유원의 눈에 혁월련은 음욕에 전 미소를 흘렸다.

"여기에 있었군. 소저."

*　　　*　　　*

소하는 달리고 있었다.

마음속은 마치 뜨거운 불길이 솟구쳐 오른 것처럼 아릿하다. 세 노인마저 사라지자, 이제는 몸의 한 귀퉁이가 떨어져 나간 듯한 아픔마저 느껴질 지경이었다.

"소하 동자야."

현 노인은 그런 소하에게 조용히 말을 걸었다. 산 자는 아무도 존재하지 않는 길. 누군가가 이미 싸움을 하면서 지나갔는지 주변은 온통 피투성이가 되어 있는 상태였다. 목과 몸이 베여 죽어 있는 시체가 눈에 들어왔다. 소하는 그런 시신들을 볼 때마다 눈살이 절로 찌푸려질 수밖에 없었다.

'할아버지들도…….'

저렇게 되지 않으리라는 보장이 없었던 것이다. 그들의 내공은 한계에 달해 있었다. 소하는 보랏빛 독기 속에서 무너지는 구 노인의 모습이 떠오르자 이를 으득 악물었다.

"크아아악!"

멀리서 들려오는 비명. 사람들이 싸우는 소음이 들려오고 있었다.

"싸움이 계속되는구나."

현 노인은 씁쓸하게 그리 중얼거렸다.

"그걸 막기 위해 우리는 싸웠던 것이거늘."

"할아버지."

소하의 말에 현 노인은 슬쩍 고개를 돌렸다. 통로의 바깥을 바라보던 소하는 달리던 도중 고개를 슬쩍 숙이며 중얼거렸다.

"할아버지는… 안 가면… 안 되는 건가요?"

현 노인은 미소를 지었다.

푸근한 미소, 평소의 소하라면 그것으로 충분했을 것이다. 이들과 함께 있으면 늘 마음이 편해지곤 했다. 늘 투덜거리지만 내심 소하를 챙겨주는 척 노인이나 마 노인, 마치 친구처럼 함께 뛰어놀던 구 노인. 그리고 아버지를 앞에 둔 것처럼 자상하게 자신을 감싸 안아주던 현 노인까지.

누구도 잃고 싶지 않았다.

"우리 모두가 소하 동자와 헤어지고 싶지 않았단다. 동자가 성장하는 모습. 그리고 우리가 걸었던 길을 다시 걸으며… 동자만의 답을 찾기를 바랐지."

그러나 상황은 그들을 옥죌 뿐이었다. 척 노인과 마 노인, 구 노인의 행동을 떠올리며 현 노인은 조용히 말을 보탰다.

"회자정리(會者定離)라는 말을 아느냐?"

소하도 알고 있었다. 척 노인과 현 노인에게 글을 배울 때에 들었던 말이었다. 그러나 그 내용을 차마 입으로 꺼낼 수 없어, 소하는 숨을 삼키고만 있었다.

"만남이 있으면 헤어짐은 언제나 존재하는 법. 인생은 그렇게 흘러가는 것이란다."

"그러고… 싶지 않다고 해도요?"

소하의 질문은 애처로웠다. 더 이상 혼자 남기 싫다는 안타까움이 담긴 말에 현 노인은 바깥으로 나오며 목검을 부여잡았다.

"그것 역시 하나의 흐름일 뿐이지."

바깥에서는 수십 명의 무인이 참혹한 꼴이 되어 쓰러져 있었다.

서로간의 싸움, 둘 다 월교의 무인들로 보이는 자들이었다. 그리고 그 가운데서 다섯 개의 칼을 허공에 휘저으며 주변을 베어내고 있는 자.

온몸이 시뻘건 피로 가득했다.

카앙!

날아드는 칼, 본능적으로 갑작스레 접근한 자를 공격한 것이다. 하지만 현 노인은 그것을 쳐서 날려 버리며 말을 이었다.

"하지만 영원한 것도 있단다."

소하는 멀리 서 있는 자를 알아보았다. 얼굴에 묻은 피를 닦아내며 이쪽을 주시하는 자. 만검천주 성중결은 소하와 현 노인을 가만히 주시하며 손을 들어 올렸다. 그는 지금 혁월련의 퇴로를 확보해야 하는 입장이었기에 누구도 살려 보내고 싶지 않았던 것이다.

"저자는……!"

소하는 그를 알아보았다. 주변에서 풍겨오는 거대한 기운들, 그가 강하다는 것을 이제야 제대로 알 수 있었다.

성중결은 냉옥천화대의 전원이 싸늘한 시신이 된 것을 확인했다. 그 덕에 다른 적들을 몰살시킬 수 있었지만, 씁쓸한 마음이 드는 건 어쩔 수 없었다.

"여긴 지나갈 수 없다."

그는 소하를 알아보지 못한 채 그리 말했다.

현 노인은 휘적휘적 앞으로 나서고 있었다.

"할아버지!"

소하의 안타까운 외침. 그는 지금 현 노인이 무슨 생각을 하고 있는지를 깨달았기 때문이었다.

"저 앞으로 나가면 출구란다. 천망산의 밖… 드넓은 세계가 그곳에 있지."

"저도 도울게요!"

소하의 목소리에 현 노인은 피식 웃음을 지었다.

"동자의 힘으로는 방해밖에 되지 않는단다."

그의 말은 맞았다. 성중결 정도 되는 달인과의 싸움에서 소하의 가세는 오히려 짐이 될 수 있었다. 현 노인은 가볍게 목검을 들어 올리며 한 걸음을 앞으로 걸었다.

"네게 마음을 남겼다."

그 순간.

성중결의 눈이 부릅떠졌다. 그는 아무 기운도 느껴지지 않는 현 노인을 보고는 대수롭지 않게 베고 혁월련의 곁으로 향하려 했다. 하지만 그가 기운을 해방하는 순간, 주변의 모든 기물들이 이지러져 보일 정도의 압도적인 힘이 방출되고 있었다. 같이 있던 소하마저 놀랄 정도였다.

이것이 바로 백로검 현암이 익힌, 무상기가 가진 힘이었다.

"그것으로 우리는 만족한단다."

소하는 한 걸음을 앞으로 내디뎠다. 몸이 무거운 쇳덩이에 짓눌려 있는 것처럼 제대로 발이 움직이지 않았다.

성중결의 손이 흔들렸다.

날아드는 검.

카아아앙!

큰 소리와 함께 현 노인의 몸이 안개처럼 소하의 앞을 가로막으며 두 개의 검을 박살 냈다. 절반으로 갈라지며 추락하는 모습. 성중결은 이기어검의 묘리를 단숨에 파훼한 현 노인의 실력에 눈살을 찌푸렸다.

'이런 자가 있었다고?'

그는 이어서 검을 뻗었다. 질풍처럼 앞을 가르는 공격. 소하를 노린 것이다. 그러나 현 노인은 그 궤도를 옆으로 치워 버리며 소하의 길을 열어주었다.

"가거라."

소하는 몸을 떨었다. 마치 지금 발을 떼는 순간, 현 노인과는 영원히 이별할 것만 같았다. 더 이상 그 목소리를 들을 수 없다. 그 손길을 느낄 수 없다는 말이다.

하지만.

"소하야."

현 노인의 목소리에 소하는 눈을 돌렸다. 현 노인이 처음으로 소하를 그런 식으로 불렀던 것이다.

그는 웃고 있었다.

이를 악문 소하는 그대로 천양진기를 몸에 둘렀다. 노란 기운이 씌워짐과 함께 달려 나가는 소하의 모습. 성중결은 큭 소리를 내며 그것을 막으려 했지만, 현 노인의 검이 펼쳐져 나오며 흰 궤적을 그렸다.

쩌정!

성중결의 몸이 붕 떴다. 그 틈에 소하는 앞으로 달렸고, 성중결은 멀어지는 소하를 바라보다 이내 눈살을 찌푸리며 몸을 돌렸다.

'저쪽을 공격하면 당한다.'

소하를 죽이는 순간 현 노인의 목검이 자신을 죽일 것이라 알아챈 성중결은 쉽사리 움직이지 못했다.

마침내 소하가 멀어져 가자, 현 노인은 빙긋 웃었다.

“올곧게, 올곧게 마음을 따르거라.”

그 목소리는 조용했음에도 동굴 전체를 울리는 듯했다.

“방금 전의 검.”

성중결은 한 걸음을 물러서며 중얼거렸다.

“백로검이십니까.”

“본인을 기억하고 있는가.”

그의 목소리에 성중결의 눈에 이채가 드리워졌다.

“선배님을 경외해, 검을 들었습니다.”

“패배한 자에게 그런 말을 해주다니.”

만검천주 성중결의 팔엽은 백로검 현암의 백연검로를 보고 얻은 깨달음으로 인해 만들어진 검술이었다. 그렇기에 성중결은 후우 하고 깊게 숨을 내뱉었다. 소하는 어차피 미리하가 어떻게든 처리할 수 있으리라 여겼던 것이다.

그보다는 지금 눈앞에 있는 자를 어떻게든 해야만 했다.

‘천하오절.’

백로검은 단전이 없다. 그의 내공이 불규칙적으로 흐르고 있음을 확실하게 알 수 있었다. 하지만 그는 경맥에서 내공을 짜내, 아주 단시간 이전의 기량을 회복한 듯한 모습이었다.

“제자입니까?”

“허허.”

현 노인은 목검을 들어 올렸다. 그러자 흰 기운이 뭉게뭉게 기울어지며 그의 주변을 메웠다. 무상기를 극한으로 풀어내기 시작한 것이다.

"본인의… 아니지. 우리 모두의 마음을 담은 아이일세."

모두? 성중걸은 인상을 쓸 수밖에 없었다. 소하의 몸에 담긴 기운은 척 봐도 보통이 아니었던 것이다. 일단 오래 전에 실종되었다는 백로검이 왜 여기 있는지는 모르겠지만, 성중걸은 그를 막아야만 했다.

"아쉬움은 셀 수 없지만."

현 노인은 눈을 감았다. 많은 것을 알려주고 싶었다. 이 험한 무림, 암중(暗中)에 음모가 난무하고 서로가 서로를 찌르려 드는 그곳에서 소하가 어떻게 될지 걱정이 일기도 했다.

'될 수 있다면, 가까이에서 그 아이가 자라나는 것을 보고 싶었다.'

하지만 그럴 수는 없다. 현 노인의 눈이 떠지며 신묘한 현기가 흐르기 시작했다. 체내의 내공을 모조리 불태워, 전신을 깨우고 있는 것이다.

"우리는 너를 믿는다."

그는 그렇게 말하며 앞을 바라보았다. 성중걸의 전력을 담은 공격이 펼쳐져 오고 있었다.

* * *

"윽……!"

유원은 인상을 쓰며 팔을 빼내려 했지만, 혁월련은 내공까지 동원해 그녀를 붙잡고는 실쭉 웃음을 흘리고 있었다.

"무례한!"

곽위가 고함을 지르자, 혁월련은 이내 그를 노려보았다.

콰직!

내공이 실린 발차기에 곽위는 크악 하고 비명을 지르며 바닥을 나뒹굴었다. 평소라면 피해낼 만한 공격이었지만, 이전부터 부상당한 상태로 도망을 오느라 그의 체력은 거의 바닥나 있었던 것이다.

'나 참.'

미리하는 한숨을 내뱉었다. 이건 좀 골치가 아픈 일이었다. 빨리 도망을 쳐야 하건만, 갑자기 여자를 데리고 옥신각신 난리를 치는 건 원하지 않았다.

"이전부터 생각했었지."

혁월련의 눈가에 음심이 흘렀다.

"꼭 네년은 안아보겠다고 말이야."

유원의 눈에 당황이 흘렀다. 무림맹의 무인들은 두려움에 어찌 움직이지도 못하는 상황이었다. 지금 당장 그녀를 도와줄 이는 아무도 없다는 뜻이었다.

"음?"

미리하는 그쪽을 한심하게 바라보던 중, 누군가가 격렬한 속도로 질주해 오고 있다는 사실을 깨달았다.

'만검천주가 아닌데?'

그의 기운과는 달랐다. 좀 더 미숙하고, 거센 느낌. 미리하는 타인이란 판단을 내리자마자 즉시 연검을 부여잡았다. 조금 전 대원천주와의 싸움에서 부상을 입어 몸의 상태가 안 좋긴 하지만, 지금 이곳에 오는 자 정도라면 충분히 제압할 수 있었다.

꽤나 빠르다. 미리하는 적의 속도를 가늠하며 연검에 내공을 주입했다. 달려드는 순간 일격에 목을 날려 버리기 위해서였다.

온다.

노란 기운이 이리로 달려들고 있었다.

'지금!'

미리하의 손이 휘둘러지며 연검이 살아 있는 것처럼 고개를 들고 빠르게 꺾어졌다.

하지만 그 순간 그녀는 눈을 동그랗게 뜰 수밖에 없었다.

나타난 것은 갓 청년이 된 듯한 젊은 남자였다.

그는 손을 튕겨 올리는 것으로 연검의 밑 부분을 쳐 내는 동시에 그대로 발로 땅을 박차며 더욱 가속했다.

더 빨라졌다.

지금 소하가 펼친 것이 무림제일경공인 천영군림보라는 사실을 몰랐기에, 미리하는 믿을 수 없었다. 자신이 아는 이들 중 경공이나 신법에 능한 이라 해도 이 정도 속도를 낼 수는 없었다. 더군다나 아무리 그녀가 전력을 다하지 않았다고 해도 연검의 궤적을 눈으로 보고 쳐낸다는 건 엄청나게 어려운 일이었다.

소하는 연검을 튕겨내며 그대로 눈을 부릅떴다.

모두가 경악한 눈을 할 수밖에 없었다. 소하는 마치 섬광처럼 그대로 땅을 질주하며, 유원과 함께 있는 혁월련에게로 달려들고 있었기 때문이었다.

"이런!"

미리하의 눈가가 일그러졌다. 자신의 공격을 무시하고 곧바로 혁월련에게 달려들 줄은 예상하지 못했다.

하지만 너무 빠르다!

"그, 손……!"

소하는 주먹을 쥐며 고함을 질렀다. 공기가 울린다. 온몸에 충만한 천양진기의 기운 때문이었다.

혁월련의 눈이 저도 모르게 앞으로 돌아갔다. 하지만 소하는 마치 번갯불이 번쩍하듯, 그가 알아챈 순간 이미 눈앞에 자리해 있었다.

"치워!"

뺘를 때리는 소리와 함께 혁월련의 얼굴이 형편없이 일그러지며 그대로 옆으로 튕겨 나갔다.

"크우아악!"

날아가는 순간 미리하는 옆쪽으로 몸을 튕기며 혁월련을 받아내 땅에 착지했다.

"소교주님!"

코가 뭉개지고 입을 쩍 벌린 혁월련은 이마저 빠졌는지 컥컥

대며 하얀 이를 뱉어내고 있었다.

소하는 그대로 발을 돌려 땅을 미끄러지며 유원의 앞에 섰다.

쏴아아아악!

온몸에서 치솟아 오르는 열기. 소하는 환열심환에서 비롯된 극양기를 전신에서 발하며 혁월련과 미리하를 노려보았다.

으드득 이를 악물었다.

세상이 온통 일그러지는 것만 같았다.

"올곧게 마음을 따르거라."

"대체."

소하는 깊게 숨을 내뱉으며 중얼거렸다.

"왜, 이런 짓들을 하는 거야."

第六章
욕망

침묵이 어렸다. 무림맹의 젊은 무인들은 상상을 뛰어넘는 소하의 힘에 입을 쩍 벌린 채 서로를 돌아보고만 있을 뿐이었고, 미리하 역시 신음하는 혁월련을 옆에 내려놓으며 인상을 찌푸렸다.

'뭐지? 이 꼬마는?'

어리다. 혁월련과 또래라고 할 만한 나이. 그러나 방금 소하는 그녀의 혈음매화를 응집한 연검을 쳐 냈다. 내공을 운용하는 데 있어 상당한 기량을 갖췄다는 이야기였다.

아직 내공을 전신에 두르는 것이 한계인 혁월련과는 비교하는 것 자체가 말이 안 되는 성취였다. 한심하게 꿈틀대고 있는 혁월련을 흘깃 노려본 미리하는 연검의 자루를 꽉 잡으며 팔을 들어 올렸다.
소하의 온몸에서 솟구치고 있는 기운 역시 주의를 요했다. 주변까지 전해질 정도의 강렬한 열기, 미리하는 자신과는 상극(相剋)의 힘임을 깨닫고는 신중해졌다.
'하지만 아직 미숙해.'
만약 소하가 더 힘이나 경험을 갖췄었더라면, 연검을 쳐 낸 순간 미리하의 빈 몸에 일격을 가했을 것이다. 그러면 죽지는 않아도 치명상을 입기에는 충분한 상황이었다.
다시 한 번 생각하니 등골이 서늘해짐을 느낀 미리하는 소하를 확실하게 죽여 없애는 게 안전하겠다고 판단했다.
소하 역시 미리하의 힘을 얼추 눈치채고 있었다. 이전 보았던 성중결보다는 모자라지만, 자신보다는 분명히 강하다. 그 생각까지 이르자 소하는 깊게 숨을 내뱉었다.
"떨어져 있어."
소하의 목소리에 유원은 당황했다. 지금 그는 미리하와 싸우려는 마음을 먹고 있었던 것이다.
"잠깐, 너……!"
그러나 그녀가 소리를 친 순간, 미리하의 손에서 연검이 번쩍였다.
파공음과 동시에 뱀처럼 달려드는 연검의 모습. 소하는 쳐내는 것을 포기하며 빠르게 땅을 박찼다.
콰아앙!
그러는 순간 정욱은 냉큼 앞으로 달려들어 유원의 앞을 보호했다. 소하가 땅을 박차자 그대로 지반에 금이 가며 가루가 된 모래들이 솟구쳐 올랐기 때문이었다.

'저 나이에 저런 내공을?'

곽위와 정욱은 동시에 눈가를 찌푸릴 수밖에 없었다. 소하는 명백히 나이에 맞지 않을 정도로 심후한 내공을 지니고 있었다.

앞으로 쏘아져 나가는 소하의 모습에 미리하의 연검은 궤도를 전환했다. 연검은 일반 검과 다르게 날이 부드럽고 순식간에 휘어지기에, 이처럼 빠른 움직임을 보인다 해도 적을 가격하기 알맞았다.

'삼첩영이라면……!'

소하의 몸이 세 개로 갈라졌다. 모두의 눈이 휘둥그레지는 일이 다시 한 번 일어난 것이다.

'잔영(殘影)!'

미리하는 윽 소리를 내며 손목을 튕겼다. 그러자 연검은 마구잡이로 휘어지며 소하의 잔영들을 베어냈고, 쩌르릉 하는 소리와 함께 허공을 때리는 소리가 일었다.

그녀는 소하가 자신의 삼 보 앞까지 다가오는 것에, 허리를 뒤틀며 그대로 그를 타격하려 했다.

하지만.

'크윽!'

미리하는 순간 옆구리에 느껴지는 통증에 이를 악물 수밖에 없었다. 이전 사독천주 염홍인의 독수에 맞았던 충격이, 아직

전부 가시지 않았던 것이다. 소하의 주먹이 뻗어져 나온다. 그것에 그녀는 마주 쳐 내는 것을 포기하고, 몸을 대각선으로 젖히는 방법으로 공격을 피해냈다.

'빗나갔다.'

소하는 역시, 하고 숨을 삼켰다. 미리하의 기량은 자신보다 위다. 내공의 수준이 비슷하다 해도, 실제로 싸워본 경험과 무공의 완숙함이 이런 상황에서의 승부를 결정하는 것이다.

"그러니 중요한 건 많이 싸우고, 진다고 해도 필사적으로 살아남는 것이지."

마 노인은 곤죽이 된 소하의 앞에서 허허 웃으며 그리 말했다.

그것을 떠올린 소하의 눈에서 불똥이 튀었다.

공격을 피한 뒤 연검을 회수하던 미리하는 순간 시야 바깥에서 휘둘러지는 무언가에 인상을 찌푸렸다.

'발?'

소하는 주먹이 빗나가는 순간 반대쪽 손으로 땅을 짚었고, 몸을 튕겨 올려 그대로 발을 휘둘러 찬 것이다.

콰악!

그녀는 윽, 하고 신음을 입 밖으로 뱉었다. 소하의 발은 무거웠다. 내공이 실린 발차기, 방어를 제때 하지 않았다면 뼈가 부서질 만한 위력이었다.

'여자라고 해도 나보다 강하니!'

여자를 때리는 건 마음에 들지 않지만, 자신보다 강한 상대라면 예외다.

"여자? 얕보다가 여자한테 사지가 숭숭 조각난 놈들이 산더미다. 그런 놈들은 무림을 얕본 거지."

척 노인은 툴툴거리며 소하에게 그리 말했다. 절대 싸움에 나선 이상, 남녀노소를 막론하고 적이라 생각하라는 뜻이었다.

소하는 발이 막히자 그대로 공중에서 몸을 휘돌렸다.

촤라라라락!

옷자락이 거칠게 허공을 찢는 소리가 일었다. 소하의 전신에 충만한 내공 때문이었다.

'이 꼬마, 권각이 제법……!'

미리하는 자신의 얼굴을 걷어차려는 발을 보며 급히 목을 뒤로 뺐다. 아직 연검을 제대로 회수하지 못한 상황이었는지라 마주 공격을 받아칠 수는 없었던 것이다.

파파팍!

소하는 걷어찬 공격들을 전부 막아내는 미리하를 보며 숨을 토해냈다. 그러나 뼈가 저릿할 정도로 걷어찼기에, 그녀는 방패로 내세웠던 왼팔을 축 늘어뜨리고 있었다.

'제대로 들어간 공격이 없네.'

소하는 고개를 흔들며 시선을 집중했다. 고수들과의 싸움은 한순간이라도 정신을 놓으면 패배로 직결한다고 모든 노인들이 말해주었다. 노인들이 아닌 고수와의 제대로 된 실전. 소하는 내심 손이 벌벌 떨려오는 것만 같았다.

하지만.

뒤쪽에는 유원을 비롯한 이들이 서 있었다. 미리하가 베어 죽인 젊은 무인의 시체도 봤다.

"왜, 이런 짓을."

소하는 이를 악물며 천천히 온몸에서 기운을 내뿜었다. 그 말에 미리하는 고개를 슬쩍 옆으로 기울이며 살짝 미소를 지었다.

"아직 어린애네."

소하가 아까 했던 말. 미리하는 그가 아직 이러한 상황들을 많이 겪어보지 않았다는 것을 직감했다.

'속을 어지럽히면, 틈을 보이겠어.'

솔직히 소하는 골치 아픈 상대였다. 지금 그들에게 시간이 많은 것도 아니었고, 어서 탈출해야 하는 상황에서 소하가 따라붙는다면 자연스레 속도가 느려질 수밖에 없었다.

'단숨에 죽이고 나가야 돼.'

성중결이 생각보다 늦고 있었다. 그의 기량이라면 지금쯤 도착했어야 하건만, 아직까지 그는 이곳에 도착하지 않았다. 뭔가가 꼬이고 있다는 느낌이 들었다.

"무림은 서로가 죽고 죽이는 곳. 뭐가 이상하다는 거지?"

미리하는 연검을 내리며 조용히 눈을 번득였다. 그녀는 매혹적이다. 혈음매화라는 무공은 여성을 위해 만들어진 음공(陰功). 사내에게 있어 특히 마음을 홀리게 만들고, 저절로 색욕을 동하게 하는 특성이 있었다.

"아직 풋내기라 그런가?"

매혹적인 입술로 그녀는 웃음을 지었다. 그렇기에 이 무공이 아직 어린 소하에게 더없이 잘 통하리라 생각했던 것이다.

그러나 소하는 인상을 쓸 뿐이었다.

"어째서."

"좋은 사람들은 있어."

구 노인은 무림에 대해 그렇게 말했다. 아무리 괴롭고 누군가를 미워하게 되는 곳이라 해도, 그곳에 희망은 있다고 말이다. 그렇기에 소하는 미리하를 도저히 두고 볼 수 없었다.

사람을 아무렇지도 않게 죽이는 자.

혈음매화의 힘은 소하가 익힌 천양진기에 의해 가로막히고 있었다.

'뭐지? 고절한 심법이 아닌 이상… 저리 평온할 수는 없을 텐데.'

미리하는 더욱 의문이 들었다. 하지만 그럴수록 소하를 죽여야 한다는 느낌만 더욱 거세질 뿐이었다.

쿠르르르르르!

순간 지진이 일었다. 비명을 지르는 사람들의 모습. 몸이 흔들려 제대로 지탱할 수 없을 정도로 땅이 진동하고 있었다. 바로 밑에서 폭약을 터뜨린 것이다. 소하와 미리하는 동시에 자세를 낮추며 쩍쩍 갈라지는 땅을 보았다.

"무림맹 놈들!"

아예 천망산을 붕괴시킬 참인가! 그녀는 이를 악물며 소하를 노려보았다. 땅이 갈라지더니 이윽고 천천히 안쪽이 쩍쩍 부서져 가기 시작했다.

뜨거운 열기가 올라온다.

천망산의 지하에 있던 용암이 노출된 것이다. 땅이 이리저리 갈라지고, 바깥쪽의 절벽에서도 지반이 부서져 가고 있었다. 사람들이 있는 자리도 마찬가지였다. 비명을 지르며 무너지는 지반에서 벗어나는 자들, 소하는 그쪽을 바라볼 수 없어 입술을 꽉 깨물었다.

조금이라도 움직이면 미리하가 공격해 올 것이 뻔했다. 그녀 역시 그럴 의도로 소하를 주시하고 있고 말이다.

그 순간.

"하, 하하하하!"

익숙한 외침이 들렸다. 그것에 미리하마저도 놀라 그쪽으로 눈을 향할 수밖에 없었다.

혁월련.

그는 어느새 땅을 기다시피 접근해, 죽은 무인의 칼을 쥐고 유원에게 다가서고 있었다. 소하가 유원과 안면이 있는 사이라는 것을 눈치챘기 때문이었다.

얼굴이 온통 뭉개진 모습. 그러나 혁월련은 검을 들고 있었다.

"어차피, 내 것이 안 된다면……!"

유원은 피할 수 없었다. 뒤로 물러서려는 순간, 쩌적 소리와 함께 뒤쪽의 지반이 뭉텅 무너져 내렸던 것이다.

"아가씨!"

곽위의 고함. 그가 일어섰지만 너무 늦은 상황이었다.

미리하는 소하가 그쪽을 바라보는 것을 깨달았다. 손을 펼쳐 연검에 내공을 주입했다.

'한눈을 팔다니!'

소하가 반응한다 해도, 일단 한번 무너져 버린 집중을 다시 회복하기란 어려운 일일 것이다. 연검이 쏘아져 나가며 소하의 옆얼굴을 노린다. 단숨에 머리를 폭발시킬 수 있는 힘을 간직한 일격이었다.

소하는 주먹을 쥐었다.

땅을 밟았다.

콰아아아아아!

허공을 때리는 연검. 미리하는 인상을 찌푸렸다. 아까 소하의 돌격을 보고 그녀는 그의 속도를 짐작했었다. 그렇기에 이번에는 전혀 막을 수 없을 만한 힘으로 연검을 날렸던 것이다.

베이긴 했다. 연검의 끄트머리에 소하의 핏물이 배어 나오긴 했지만, 제대로 들어가지 않았다.

'더 빨라졌다고?'

소하는 전신에서 노란 기운을 솟구쳐 올렸다.

'천양진기……!'

아직 제대로 구현할 수 없는 경지였다. 척 노인 역시 오랜 시간 동안 내공을 운용하는 데 익숙해져야 제대로 펼칠 수 있을 거라 이야기했고 말이다.

하지만 시간이 없었다.

소하는 억지로 몸을 깨우며 이를 꽉 악물었다.

'이식(二式)!'

두 배로 빨라지는 속도.

소하는 전신이 짓눌리는 감각과 함께, 순식간에 혁월련이 들고 있는 검을 주먹으로 후려쳐 동강냈다.

마치 혜성(彗星)이 쏘아지는 것만 같았다. 당황해 얼빠진 표정을 짓는 혁월련을 보며, 소하는 고함을 질렀다.

"두 번 다시는……!"

영보가 죽을 적.

소하는 두려웠다. 자신에게 다가오는 이들이 두려웠다. 언제 또 그들이 죽을지 모른다. 소하에게서 떠나갈지 모른다.

노인들과 있을 때에도 항상 그 생각을 했었다. 지금 그들의 빈자리는, 소하에게 있어 아픔만을 쿡쿡 전해오고 있었다.

그렇기에 이제 더 이상 잃고 싶지 않았다.

그러기 위한 삼 년이었다.

투콰아아악!

혁월련은 찢어지는 비명을 내질렀다. 소하의 발은, 그의 옆구리 뼈를 몽땅 부러뜨리며 그대로 날려 버렸던 것이다.

과도한 힘을 사용해 버린 소하의 온몸에서 열기가 뻗어 나왔다. 고통스러웠지만, 만족했다. 그는 다시는 소중한 이들이 헛된 죽음을 맞지 않게 하기 위해, 잃지 않기 위해 무공을 배웠던 것이다.

"소교주……! 크윽!"

미리하는 한 걸음을 더 디뎠다.

'저 꼬마 강하다!'

그녀는 순간 고민했다. 혁월련을 구해야 한다? 하지만 소하를 내버려 둘 수는 없었다. 성중결이 오지 않는다. 무림맹의 고수들은 금방 이리로 도착할 것이다.

연검이 뻗어져 나갔다.

유원은 자신의 앞에 다시 나타난 소하를 보며 손을 뻗으려 했다. 괴로운 표정을 짓고 있는 소하의 모습. 아까의 속도는 유원이 이제까지 본 적도 없는, 어마어마한 힘의 편린이었다.

그러나.

소하는 양손으로 가슴을 가렸다.

쩌저저정!

미리하의 연검이 소하를 두들긴다.

"아가씨!"

곽위가 유원을 붙들었고, 그 순간 소하는 거칠게 그녀 쪽으로 손을 뻗었다.

"크윽!"

내공이 허공을 치자 곽위와 유원은 그것에 밀려나 땅으로 나뒹굴었다. 갑작스러운 공격. 그러나 곽위는 소하가 왜 자신과 유원을 밀어냈는지 알 수 있었다.

"죽어라!"

미리하의 고함. 그녀가 내공을 전력으로 뿜어내며 소하를 공격한 것이다.

굉음이 들리며 소하의 몸이 허공으로 튕겨 나갔다. 발을 놀려 땅을 짚으려 했지만, 그곳은 아까 전 폭약의 폭발로 인해 무너진 부분이었다.

유원의 눈이 경악으로 물들었다.

"소하……!"

그녀의 고함. 그러나 소하는 울컥 입에서 피를 내뱉으며 그대로 절벽 아래를 향해 떨어져 내리고 있었다.

미리하는 소하를 단애(斷崖) 저편으로 떨어뜨린 직후, 즉시 혁월련에게로 향하려 했다.

그러나 그녀는 일순 당황할 수밖에 없었다.

"내, 냉옥천주!"

그는 튕겨 나가며, 아까 전 지진으로 인해 갈라진 용암 아래로 떨어져 내리려 하고 있었다. 필사적으로 돌부리를 붙잡았지만, 그것마저 쩌적 소리를 내며 부서지는 상황이었다.

"소교주님!"

미리하는 급히 그리로 향하려 했다.

두 번째의 폭발이 일어나지 않았다면 말이다.

쿠우우우우우!

모두가 또다시 비명을 질렀다. 더욱더 가까이에서 폭발이 일어났던 것이다. 미리하는 윽 소리를 내며 내공을 전신에 둘렀지만, 혁월련은 아직 내공을 급박한 상황에서 자유로이 사용할 수 있는 실력이 되지 못했다.

"살, 살려다오! 살려줘! 나는, 아직, 아직……!"

쩍!

돌부리가 무너지는 모습.

혁월련의 몸이 용암 아래를 향해 사라지고 있었다.

"이런!"

미리하의 고함. 혁월련은 찢어지는 비명을 지르며 서서히 용암을 향해 떨어져 내렸다. 끝이 보이지도 않는 어둠이 그를 집어삼키고 있었다.

사라져 버리는 그의 모습에, 미리하는 인상을 쓰며 몸을 돌리려 했다. 이건 예상외의 일이었다.

'이렇게 된 이상……!'

그녀는 결국 홀로 몸을 움직이기로 결정했다. 무인들을 거쳐 순식간에 사라지는 미리하의 모습. 모두가 겨우 숨을 내뱉으며 몸을 수그리고 있었다.

"아가씨! 위험합니다!"

몸부림을 치는 유원을 억지로 떼어놓은 곽위는, 당황한 눈으로 뒤쪽을 바라보았다.

유원은 믿을 수 없다는 표정으로 소하가 사라진 절벽을 주시했다.

"왜."

그러나 답을 해줄 소하는 이미 그곳에 없었다.

*　　　*　　　*

"이쪽입니다!"

훈도 방장은 무인들과 함께 급히 앞으로 향하고 있었다. 갑작스레 아래에서 격렬한 폭발이 일어났고, 더군다나 중간부가 붕괴되는 바람에 비라설이 제멋대로 폭주했기 때문이었다.

'이건 좀 의외로군.'

원이명은 그리 생각하며 주변을 둘러보았다. 오랜 세월에 걸쳐 지었던 월교대전이 완전히 붕괴 직전까지 몰려 있었다.

"대사!"

목소리. 훈도 방장은 옆으로 고개를 돌렸다.

붕괴되는 통로, 그 앞에서 아슬아슬하게 나온 것은 팽역령과 제갈위를 비롯한 열댓 명의 무인이었다. 백이 넘는 이들이 침입한 것을 생각하면 일 할 정도밖에 남지 않은 것이다.

"무사했는가."

훈도 방장의 목소리에 제갈위는 재빨리 포권하며 말을 이었다.

"예! 하지만 지금 붕괴가 격심해… 어서 탈출해야 합니다!"

"알고 있네. 함께하지."

훈도 방장의 목소리가 끊김과 함께 곧 무인들이 스쳐 지나가는 모습이 보였다. 제갈위는 그 순간 고개를 들어 올리다 믿을 수 없는 광경을 보았다.

'저들은 마교의 장로들이 아닌가?'

이전 시천월교의 동란 때 그들을 보았던 제갈위에게는 크나큰 충격이었다. 하지만 그러면서도, 어째서 훈도 방장이 이리도 쉽게 시천월교의 중핵인 천망산에 잠입할 수 있었는지를 알 것 같았다.

"간단한 것이었군."

제갈위의 중얼거림에, 팽역령은 먼지로 엉망이 된 얼굴을 손으로 닦으며 중얼거렸다.

"탈출하자. 신경 쓸 때가 아냐."

살아남은 이들 모두 훈도 방장에게 따르며 앞으로 걸음을 향했지만, 여전히 제갈위의 머릿속에서는 의문이 지워지지 않았다.

'내부를 붕괴시킨 건 우리들이다.'

제갈위는 이대로 가다간 올라갈 때까지 독을 견딜 수 없다는 것을 깨닫고, 위험을 무릅쓴 채로 폭약을 통해 주변을 더 붕괴시켰다. 아까 전 일어난 지진은 제갈위 일행이 만들어낸 것이었다. 그 덕에 많은 희생이 있었지만 어떻게든 살아서 나올 수 있었다. 그러나 제갈위는 꺼림칙한 훈도 방장의 눈을 보며 속이 착잡해지는 느낌이었다.

'우리를 버리려 한 것입니까, 대사?'

훈도 방장은 대답해 주지 않았다. 그저, 제갈위의 마음에 크나큰 의문 하나만을 남겼을 뿐이었다.

"지진이 바깥까지 미쳤군요."

밖으로 나서는 훈도 방장에게로 한 무인이 중얼거렸다. 탈출구 역시 꼴은 마찬가지였다. 땅이 이리저리 갈라지고, 용암이 터져 나오려는지 연기가 무럭무럭 올라오는 곳도 있었다. 그리고 그들이 나온 뒤, 곧 천망산 속의 월교대전은 완전히 붕괴하기 시작했다.

돌로 웅장하게 만들어져 있던 통로가 전부 무너지고, 안쪽에서는 큰 파괴음이 울려 퍼지고 있었다. 훈도 방장은 천천히 주변을 둘러보았다. 무림맹의 무인 중 살아남은 이들은 적었다. 애초에 그러리라 생각을 했지만, 훈도 방장은 씁쓸할 수밖에 없었다.

옆쪽의 무인 한 명이 손을 치켜들며 고함질렀다.

"마교는 무너졌다!"

원이명과 이백중의 입가에 흰 미소가 깃들었다. 천망산이 무너졌다. 그들에게 있어 평생을 바쳐 온 시천월교가 사라진다는 것을 의미하는 일이었지만, 그들은 일단 이곳에서 목숨을 건지고, 향후 자신들의 명분을 부지할 수 있게 되었기에 만족스러웠다.

다른 젊은 무인들의 표정에 기쁨이 깃든다. 그들은 모두 일어서며, 무기를 든 채 소리를 지르고 있었다.

"무림의 악적을 몰아냈다!"

"이제부터는 자유다!"

'자유일까?'

제갈위는 기뻐서 고함지르는 주변의 사람들을 보며 속으로 그리 물었다. 팽역령 역시 뚱한 표정으로 앞을 바라보고 있을 뿐이었다.

너무나 많은 이가 죽었다. 유명한 세가의 가주들, 그리고 문파의 후계자들 등. 훈도 방장이 모은 자들은 실질적으로 이 무림을 이끌어갈 인재들이었다. 그러나 그들 중 많은 수가 죽어버렸으니, 곧 서로의 세력을 탈취하려 하는 이들이 생길 것은 명약관화(明若觀火)했다.

'두려운 건, 훈도 방장을 포함해 무림맹의 노인들이… 그것을 노린 것일지도 모른다는 일이지.'

제갈위는 무림맹을 마냥 정의로운 곳으로 여기지 않았다. 어쩌면 지금 저들처럼 속 편하게 정의를 부르짖으며 웃고 있는 게 더 좋은 일일지도 몰랐다.

무림을 통합하는 데 있어서 가장 골치 아픈 건 서로의 이득을 주장하는 각 세가나 문파들의 대표들이다. 제갈위의 마음속에 피어오른 의문은, 혹시 훈도 방장이 그러한 이들을 최소한으로 줄이기 위해 이 작전을 결행하지 않았나 싶은 것이었다.

'단순한 의심은 아무것도 낳지 않아.'

제갈위는 스스로를 타이르며 발을 앞으로 향했다.

"함께했던 이들은 모두 옆쪽으로 이동해 쉬십시오. 저와 팽

소협은……."

"음, 다른 이들을 돕지. 빨리 이 지긋지긋한 곳에서 빠져나가자고."

팽역령 역시 비라설에 의해 녹아가는 동료들을 지켜보기만 해야 한다는 것에 상당히 씁쓸한 기분이었다. 그는 그것을 떨쳐 내기 위해서라도 빠르게 앞으로 걸으며 사람들을 움직이기 시작했다.

쿠우우우웅!

마침내 통로가 무너져 막힌다. 그것을 바라보던 제갈위는 이내 후우 하고 한숨을 내뱉었다. 어느새 훈도 방장을 비롯한 다른 이들은 멀리 걸어가 버린 뒤였다.

"시천월교의 패망(敗亡)."

제갈위는 검은 연기가 솟아오르고 있는 천망산을 돌아보며 중얼거렸다.

"그것이 앞으로… 이 무림에, 어떤 일들을 일으킬지."

위협이 없어졌다고들 말하지만, 제갈위에게 그것은 아무것도 모르는 자의 생각이었다.

각자의 욕망들이, 어지럽게 휘몰아치리라.

그것이 새로운 무림의 시작이었다.

*　　　*　　　*

미리하는 힘겹게 숨을 내뱉었다. 무인들을 따돌려 어떻게든 탈출하는 데는 성공했다. 하지만 혼자 남아버린 데다, 현재의 상황을 파악하는 것도 버거울 지경이었다.

'일단…….'

그녀는 월교의 인물들을 최대한 규합해야 한다는 생각이 들었다. 그렇기에 시천월교의 비밀 통로 중 하나가 있는 쪽으로 향하고 있었던 것이다. 누군가 탈출했다면 그들과 합류하기 위해서였다. 하지만 입구는 무너져 있었다. 내부에서 일어난 다량의 폭발, 그것에 의해 기관진이 다 망가져 버린 것이다.

쿠우웅!

미리하는 안쪽에서 들려오는 소리에 인상을 썼다. 입구를 막은 돌덩이에 금이 쩍 가고 있었다. 이윽고 그것은 우르르 소리를 내며 깨져 나갔고, 안쪽에서 드러난 것은 비틀거리고 있는 아회광의 모습이었다.

"철은천주!"

미리하의 목소리에 아회광은 반쯤 감긴 눈을 힘겹게 뜨며 중얼거렸다.

"오… 살아 있었군."

그는 그렇게 말하며 깊은 숨을 내뱉었다. 어깨와 배에 입은 긴 상처, 무언가 날카로운 무기에 베여 나간 듯한 모습이었다.

"염병. 하… 그런 괴물 같은 놈이 아직도 남아 있었다니."

아회광은 툴툴거리며 바위에 몸을 기댔다. 묵철오원대가 전멸한 뒤, 그는 아슬아슬하게 이리로 탈출할 수 있었던 것이다. 그는 마 노인의 알 수 없는 도법을 떠올리며 인상을 가득 찡그렸다.

'게다가, 그 작자… 내공도 얼마 없었는데도.'

아회광은 헛웃음을 흘렸다. 그는 이윽고 고개를 휘휘 내저었고, 그러자 이마와 머리칼에 맺힌 핏물이 이리저리 튀었다.

"일단은 움직이는 게 먼저겠군. 만검천주는?"

"뒤쪽에 남았는데… 아직 보이지 않네요."

"소교주는?"

그것에 아회광과 미리하 모두 놀란 표정으로 고개를 돌렸다. 뒤쪽에는, 전신에 피칠갑을 한 채 서 있는 성중결이 있었다. 미리하의 눈이 그것을 보며 부르르 떨렸다.

'만검천주에게 저런 상처를 입혔다?'

지금 소림의 훈도 방장과 싸운다 해도 성중결이 저런 꼴을 당할 것 같지는 않았다. 그런데 그는 한눈에 보기에도 중상을 입은 상태로 걸어오고 있었다.

"무사하셨군요."

"소교주님은 어디에 계시지?"

성중결이 가장 먼저 찾은 것은 바로 혁월련의 존재였다. 그러자 미리하는 이내 신음을 흘렸지만, 말해야 한다는 생각에 혁월련의 이야기를 해주었다.

성중결의 표정이 험악해졌다. 미리하도 그가 혁월련을 가장 소중히 여긴다는 걸 알고 있었기에, 말을 하면서도 그의 칼이 자신을 꿰뚫지 않을까 하는 생각이 들 정도였다.

잠시 휘청거리던 성중결은 이내 피범벅이 된 얼굴로 하늘을 올려다보았다.

"교주, 저는……."

그는 허망하게 그런 말을 중얼거렸다. 교주, 시천마 혁무원에게 말을 보내고 있는 것이다. 그렇게 입술을 달싹이던 성중결은, 이윽고 미리하에게 말했다.

"수고했다, 냉옥천주."

그녀 역시 혁월련을 구하기 위해 최선을 다했을 것이라 생각했기에, 성중결은 거기서 말을 그쳤다.

"이제, 어쩔 거지?"

아회광은 후욱 하고 깊게 숨을 내뱉으며 중얼거렸다. 그와 성중결은 특히 심각한 부상을 입은 터였다.

"일단은 숨어야겠지. 부상을 회복하고……."

아회광은 인상을 와락 찌푸렸다. 상처의 아픔이 극심했던 것이다. 그것을 바라보던 성중결은 담담한 표정으로 말을 이었다.

"상황을 정리할 시간이 필요하다."

좌우장로의 배신. 그리고 월교의 본거지가 붕괴했으니 각 분파들 역시 자연스레 몰락할 것이다. 사실상 시천월교는 중핵을 잃은 것이나 다름없었다.

무림맹의 무인들이 주변을 수색하는 소리가 들렸다. 그것에 미리하는 재빨리 눈짓을 했고, 두 명 다 고개를 끄덕이며 그녀를 따라 걷기 시작했다.

성중결은 반쪽만 남은 자신의 마지막 검을 바라보며 씁쓸한 표정을 지었다.

'교주의 마지막 유언(遺言)을, 나는 지키지 못한 것인가.'

그는 탄식할 수밖에 없었다.

*　　　*　　　*

"으, 으아아아아아!"

혁월련은 마구 떨어져 내리며 비명을 질렀다. 뜨겁다! 더군다나 돌부리에 마구 채이고 긁히는 바람에 온몸에 상처가 그득해지고 있었다.

팔을 퍼덕거리던 그는, 필사적으로 전신에 내공을 전개했다. 하지만 공부가 모자라 제대로 몸을 방어하는 건 힘든 일이었다. 게다가 집중도 잘 되지 않는 이런 상황이니 말이다.

쿠드드득!

"크으아아악!"

삐져나온 돌에 옆구리를 얻어맞자 토사물이 올라와 뱉어졌다. 그는 두 눈이 하얗게 물드는 것을 느끼며 아래로, 아래로 떨어져 내렸다.

붉은 화룡이 보인다. 그것은 마치 혁월련을 집어삼킬 듯, 거칠게 포효하며 요동치고 있었다. 저곳에 빠지면 단숨에 죽어버릴 것이다.

거기까지 생각이 미친 순간, 혁월련은 눈을 부릅떴다. 그는 죽을 힘을 짜내 팔다리에 내공을 주입하고 있었다. 원래 월교의 영약들을 다량 섭취해 꽤나 많은 양의 내공을 보유하고 있었기에, 더 이상 몸에 상처를 입는 일은 방지할 수 있었다.

'아까 그놈……!'

혁월련은 소하를 기억해 냈다. 자신의 귀를 입으로 물어뜯어 버린 놈! 그 눈을 잊을 수 있을 리 만무했다. 게다가 갑작스레 그는 강해져 있었다.

'죽인다! 반드시 내 손으로 죽여 버린다!'

혁월련은 괴성을 내질렀다. 그렇게 꼴사나운 모습으로 자신이 패한다는 것을 인정하고 싶지 않았다.

손으로 벽을 긁어 내렸다.

손가락이 부러질 듯한 압력이 가해지는 것에, 혁월련은 크아악 하고 비명을 지르며 필사적으로 속도를 늦췄다.

멀리 통로가 보인다. 그곳에는 혈천(血舛)이란 글자가 쓰여 있었지만, 혁월련은 손을 뻗지 못해 그곳에 다다를 수 없었다.

"크으으윽!"

떨어진다. 더욱 용암이 가까워지고, 몸이 녹아내릴 것만 같은 열기가 솟구쳤다.

그리고.

혁월련의 눈에 보인 것은 또 하나의 동굴이었다.

붙잡을 수 있는 지반이 보인다.

그는 전력을 다해 내공을 방출했고, 그것을 통해 겨우 몸을 비틀었다.

콰아아아악!

땅에 떨어진다. 혁월련은 전신이 으스러지는 감촉에 비명을 내지르며 바닥을 마구 나뒹굴었다. 내공도 거의 다했다. 겨우 굴러서 열기가 있는 부분을 벗어난 그는 헉헉 하고 침과 피가 뒤섞인 액체를 줄줄 늘어뜨리며 고개를 들었다.

그곳은 아주 작은 동굴이었다.

좁다. 마치 누군가가 혼자서 손으로 파낸 듯, 한 사람만이 겨우 들어갈 수 있어 보였다.

망회(望悔)라고 쓰인 글씨가 보였다.

돌을 직접 파낸 글씨. 혁월련은 팔꿈치로 엉금엉금 땅을 기어 고개를 들어 올렸다.

그곳에는 누군가가 가부좌를 튼 채 앉아 있었다.

"뭐, 지?"

그는 멍하니 그리 중얼거렸다. 벽에는 글자들이 어지럽게 써져 있었다. 칼집 하나를 무릎에 횡으로 올린 채, 앉아 있는 자는 모래처럼 푸석푸석한 백골의 모습이었다.

제일(第一)에 달한 지 수십.

첫 번째 문장이었다. 혁월련은 홀린 듯 천장으로 고개를 들었다.

남은 것은 칼과 피, 그리고 잡을 수 없는 마음.

글자에는 마치 한(恨)이 서린 듯했다. 필체는 웅혼하면서도 비참한 느낌이 가득 서려 있는 느낌이라, 혁월련은 고통마저도 잘 느끼지 못한 채 그걸 바라볼 수밖에 없었다.

하늘을 거스르는 것은 인간의 총의(總意).

이해할 수 없는 말들이었다. 혁월련은 눈가를 찌푸리며 앞으로 향했다. 마지막 글자는, 가부좌를 틀고 있는 시신의 바로 앞에 적혀 있었다.

답을 얻기 위해, 다음 시대에게로 힘을 남긴다.

그리고 혁월련의 눈이 찢어질 듯 커다랗게 변했다.
마지막으로 써 있는 글자를 읽은 탓이었다.

시천마(始天魔).

비틀거리며 혁월련은 손을 앞으로 뻗었다. 마치 닿으면 부스러질 것만 같은 책. 그것을 들어 올린 혁월련의 손이 벌벌 떨렸다.
시천무검(始天楙劍).
"하, 하……."
그는 고통마저 느낄 수 없었다. 두 눈이 시뻘게진다. 몸에 부르르 경련이 돌았다.

쾌감이었다.

"하, 하하하하하하!"

욕망은 끔찍할 정도로 진득하게 혁월련의 전신을 뒤덮고 있었다.

망회옥(望悔獄).

시천마 혁무원의 마지막 유산은 바로 그곳에 자리하고 있었다.

第七章
계명

떨어져 내린다.

"무림에 나온 이상, 누구라도 죽을 위기를 맞게 되는 법이지."

척 노인은 그렇게 말했었다. 그 역시 온몸에 수많은 상처가 있었고, 몇몇은 정말로 죽을 고비를 넘겼었다고 말했다. 강자가 되기 위해선 당연히 겪어야 할 장애물이라고 덧붙였었다.

소하는 숨을 멈췄다. 입에서 토해져 나오는 핏물. 미리하의 연검에 실린 내공이 내장을 타격한 탓이었다. 삼키는 건 위험하다. 울혈(鬱血)을 거세게 토해낸 소하는 이윽고 상체를 비틀었다.
보이는 건 까마득하게 펼쳐진 절벽과 아래에 있는 푸르른 강이었다. 바람이 거칠게 뺨과 귀를 두들겨 아무 소리도 들리지 않았지만, 내공으로 몸을 보호할 단계는 이미 지나버렸단 생각이 들었다.
'죽는다?'
만약 땅에 충돌하면 소하의 몸은 아예 다진 고기처럼 으스러져 버릴 것이다. 천망산의 꼭대기 즈음에서 떨어져 내린 것이나 다름없는 일이니 말이다.
죽으면 끝이다.
여기까지 온 것도, 이제까지의 삶도, 모두의 희생도 말이다.
소하의 눈에서 불꽃이 번득였다.
그 순간 전신에서 일어나는 노란빛. 내공을 모조리 일깨운 것이다. 천양진기 이식이 발동되자 소하는 전신이 찢겨 나갈 것만 같은 아픔을 느꼈다. 아직 천양진기를 강화시키는 데에 익숙하지 않았기 때문이다.
하지만 죽는 것보단 낫다. 소하는 그 생각이 든 순간 바로 손을 뻗어 절벽을 움켜쥐었다.
콰가가가가각!
"크, 으으으으!"
입에서 흘어져 나오는 신음. 소하는 즉시 발을 뻗어 밑쪽을 거세게 박찼다.

천영군림보의 일각(一脚)! 그러자 거센 소리와 함께 그쪽의 바위가 터져 나가며 발이 걸릴 틈이 생겨났다.

발가락에 힘을 집중시키며 소하는 즉시 다른 쪽 발을 또다시 아래의 벽에 처박았다. 일단 이런 식으로라도 어떻게든 속도를 줄이려 했던 것이다.

다리가 부러져도 상관없다. 어떻게든, 어떻게든 목숨만 붙어 있으면 되는 일이었다.

소하는 기합을 내지르며 주먹을 뻗었다. 손가락이 갈퀴처럼 절벽을 부여잡았고, 그 순간 격렬한 압력이 소하의 양어깨를 짓누르며 몸을 찢어버릴 듯 강하게 걸려들었다.

"아으, 으윽!"

푸슛 소리를 내며 핏물이 압력을 받아 상처에서 튄다. 눈물이 어리고, 이를 꽉 악물다 못해 얼굴이 온통 일그러질 지경이 되었지만 소하는 포기하지 않았다.

'내가 죽으면!'

노인들의 희생은 아무 의미가 없게 되어버린다.

소하는 마지막까지 자신을 걱정하던 그들의 목소리를 기억하고 있었다. 그렇기에 절대로 죽을 수 없었다.

'버… 텨라!'

몸에게 그리 소리 지르며 소하는 계속해서 절벽 아래로 미끄러져 내려갔다. 콰가각 소리와 함께 손톱자국이 남는 절벽의 모습. 천양진기는 극심하게 전신을 휘돌며 금방이라도 찢어질 것 같은 근육과 뼈를 떠받치고 있었다.

그리고 얼마나 지났을까? 죽음 같은 고통 속에서 소하는 내려가는 속도가 줄어드는 것을 느꼈다.

바닥이 보인다.

물소리. 강은 거세게 아래에서 급류(急流)를 형성하고 있었다.

일단 추락사의 위험에서 벗어났다는 것에 소하는 안도의 한숨을 내쉬려 했다.

그 순간 손이 미끄러진다.

'어?'

당황해 팔을 휘저었지만, 육신에 가해진 부담이 너무 격렬했기에 힘이 하나도 들어가지 않았다.

천양진기 이식을 두 번이나 발동한 데다 전신의 내공을 마구잡이로 휘돌린 대가였다.

차디찬 기운이 온몸에 스며든다. 소하는 물에 빠진 것에 당황했지만, 이내 눈이 스르르 감겨드는 것에 인상을 와락 찌푸렸다.

익사(溺死)는 더욱 바라지 않았다. 그는 필사적으로 다리를 휘저어 고개를 물 밖으로 내밀었지만, 이내 무거운 추가 달린 것처럼 축 처지는 몸 때문에 다시 가라앉을 수밖에 없었다.

"아무리 도망쳐도 죽을 것 같으면 어떻게 하냐고?"

소하의 순진한 질문에 마 노인은 피식 웃어 보일 뿐이었다.

"그런 운명이라면 기꺼이 죽어야지. 뭘 어쩌겠냐. 다만……."

그는 수없는 싸움을 거쳐 온 자였다. 마 노인 역시 다른 이들과 마찬가지로 과거를 헤아리는 듯한 눈을 허공에 보내며 중얼거릴 뿐이었다.

"이제까지 내가 본 놈들 중에서, 죽어야 할 운명을 갖고 태어난 놈은 없었다. 그러니 필사적으로 발버둥 쳐. 비참하고 처절하다 해도 상관없다."

무인들은 명예를 중시한다. 하지만 이 노인들은 소하에게 살아남기를 가장 우선적으로 권했다.

"명예롭게 뒈져놓고 저승에서 우쭐대 봤자 죽은 놈은 죽은 놈이다. 그러니 뭐든 해. 이빨로 물어뜯든, 모래를 끼얹든, 독을 뿌리든. 살아남는 자가 제일 강한 법이다."

척 노인은 그렇게 말했다. 아무런 가책도 없다는 말이었다. 소하는 물에 잠겨가면서도 그때의 기억에 헛웃음이 이는 것을 느꼈다.

'그게 제자한테 할 말인가요.'

명색이 천하오절이란 자들이 그런 가르침을 내릴 줄은 몰랐었던 것이다.

소하는 코와 입으로 가득 들어오는 물에 고개를 이리저리 휘저으며 눈을 들었다. 수면은 햇빛을 받아 보석처럼 반짝거리고 있었다.

그리고 그들은, 마지막으로 말했다.

"살아남거라. 어떻게 해서든. 모든 힘을 다해서, 이 세상에서 살아남아야 한다."

그들이 말하고자 한 건, 바로 그런 뜻이었다.

소하는 으득 이를 악물었다. 몸이 이제는 제대로 말도 듣지 않을 정도로 빠른 물살에 휩쓸리고 있었지만, 그는 포기하지 않았다.

'절대로, 안 죽어!'

소하는 그렇게 고함을 지르며 수면을 향해 손을 뻗었다.

*　　　　*　　　　*

"아이고, 요즘엔 수귀(水鬼)가 사람들을 잡아간다더니만."

"그러게, 이설(梨雪)이가 아니었으면 또 시체 썩는 꼴 볼 뻔했구먼."

두런두런 말소리가 들렸다.

"요즘 그… 녹림(綠林)이라고 했나? 그 치들 때문에 가뜩이나 힘들어 죽겠는데, 괜찮겠니?"

걱정스러운 목소리에 한숨만이 일 뿐이었다.

"어떻게 하겠어요. 그렇다고 사람을 버릴 수도 없고……."

"하여간, 새로 온 처녀가 고생이 많아. 내가 쟁여놓은 거 가져왔으니까. 이거라도 좀 먹어."

"네?"

감겨 있던 눈이 꿈틀거렸다. 코에 감겨드는 건 분명 쌀의 향내였다.

"아주머니께서도 힘드신데……."

"서로 돕고 사는 거지. 어차피 농사 지어봤자 그놈들이 다 털어가는 마당에. 얼른 먹어서 없애."

달각거리는 소리가 들렸다. 그릇이 놓아진 것이다. 그것에 젊은 여자는 후우 하고 길게 한숨을 내쉬었다.

"정말 감사해요."

"청년이나 잘 돌봐. 보니까 제법 잘생겼던데?"

후후 웃는 소리가 인다. 그리고 사람들이 나가자, 문을 닫는 소리와 함께 털썩 바닥에 주저앉는 옷 소리가 들렸다.

"골치네."

사락거리는 옷 소리가 귓가에 맴돌았다.

그때서야 조금 주변을 의식할 수 있었다. 무언가 투명한 막에 감싸져 있는 듯했던 감각이 겨우 제대로 돌아온 것이다.

그 순간.

누워 있던 청년, 소하의 눈이 번쩍 떠졌다.

"안 죽었다!"

양팔을 위로 치켜들며 소하는 고함을 질렀다.

그것에 꺄악 하는 소리가 들리며 누군가가 엉덩방아를 찧는 모습이 보였다.

다급히 떨어지려는 그릇을 받아드는 여인. 짧게 자른 검은 머리칼 사이로 그녀는 눈을 동그랗게 뜨고 있었다.

"놀, 놀라라!"

그녀가 외치자, 소하는 양팔을 허공으로 치켜든 상태 그대로 천장을 올려다보고 있었다. 하아 하고 길게 숨이 내뱉어진다. 마치 이제까지 숨을 쉬지 않았던 것 마냥, 퀘퀘한 냄새와 쌀 냄새가 함께 섞여들었다.

"살았다. 우아."

소하는 저도 모르게 그리 중얼거렸다. 필사적으로 헤엄을 치려 한 건 좋았지만, 의식이 사라질 때쯤은 정말 난감했었다.

소하는 상체를 일으키며 옆을 바라보았다.

여인은 경계가 잔뜩 깃든 눈으로 소하를 마주 보고 있었다. 미음이 든 그릇을 보호하기 위해 품에 숨기고 있기도 했다.

"혹시 그거……."

소하의 물음, 두 눈에는 허기져 죽겠다는 감정이 역력하게 드러나 있었다. 여인은 황당하단 눈으로 소하를 바라보다 이내 찜찜한 표정을 지은 뒤 나무로 만든 숟가락과 그릇을 넘겨주었다.

이내 빠른 속도로 미음을 삼키기 시작하는 소하의 모습에 그녀는 이해가 안 된다는 듯 고개를 갸웃거렸다.

그리고 소하는 순식간에 한 그릇을 비운 뒤 숨을 뱉으며 고개를 아래로 내렸다.

"진짜 살 것 같다. 아니, 살았구나."

온몸에도 감각이 다 느껴진다. 다행히 어디 하나를 잃거나 하지도 않은 모양이었다. 소하의 목소리에 여인은 흠흠 하고 헛기침을 하더니만 입을 열었다.

"구해준 것에 대한 감사의 인사는 안 해요?"

"고맙습니다."

넙죽 고개를 숙이는 소하의 모습에 여인은 더 당황한 듯 입을 쩍 벌릴 뿐이었다.

'뭐야, 이놈.'

이내 이상한 눈으로 소하를 바라보다 이윽고 여인은 몸을 일으켜 그릇을 갖고 밖으로 나섰다. 아마 그것을 갖다 주러 가는 모양이었다.

소하는 그동안 주변을 둘러보았다. 정신이 제대로 돌아오자 조금 상황을 알아볼 수 있었다.

'마을인가?'

낡은 집. 흙을 발라 만든 듯 흙냄새가 강하게 풍기고 있었다. 약간 기울고 푹푹 일부가 패여 있는 바닥에 손을 옮기던 소하는, 이 틈에 재빨리 온몸에 내공을 한 번 순환시켜 보았다.

이전에는 그렇게나 힘들던 소주천이었지만 이제 제법 주변의 방해를 받으면서도 익숙하게 해낼 수 있었다.

'내공은 무사하네.'

환열심환의 특효 덕에 상처를 입은 부분도 꽤나 치유가 진행된 모양이었다. 손을 쥐었다 펴본 소하는 이윽고 뻐근한 목을 이리저리 돌리며 몸을 일으켰다.

문을 열자 시린 공기가 스며들었다. 소하는 저도 모르게 크게 숨을 들이켰다.

혈천옥에서 느끼던 공기와는 달리, 탁 트인 공간에서의 바람은 색다른 느낌을 주고 있었다.

아마도 지금은 새벽인 모양이었다. 바깥에서 농기구를 든 채 발을 옮기고 있는 중년인들 두셋이 눈에 들어왔고, 낡은 천을 머리에 두른 채 큰 바구니를 짊어지고 그들을 따라가는 여성들도 보였다.

'기분이 이상하네.'

소하는 당연하게 하루의 일과를 시작하는 그들을 보며 기묘한 느낌을 받았다. 뭔가 이제까지 자신이 겪어왔던 하루와는 다른 하루가 시작된 것이다.

아침에 일어나면 어두운 혈천옥의 통로를 나온다. 그러면 기다렸다는 듯 네 노인이 빙긋 미소를 지으며 그를 반겨주는 나날이었다.

'정말.'

소하는 코끝이 시큰해지는 것에 눈살을 찌푸렸다.

'꿈이 아니었구나.'

차라리 꿈이기를 바랐다.

아니, 그냥 나가지 않아도 좋았다. 노인들과 함께 계속 그 나날들을 보내고 싶었다.

"저기!"

씁쓸한 표정을 짓던 소하는 이윽고 여인이 자신을 부르는 소리에 고개를 돌렸다.

그녀는 품에 농기구를 잔뜩 안은 채 소하에게로 걸어오고 있었다.

이내 그녀는 갈퀴 하나를 소하에게 던졌다. 얼떨떨한 표정으로 다 낡은 갈퀴를 받아 들자, 그녀는 턱짓으로 옆을 가리켰다.

"움직일 만하면 도와요!"

당황해 손을 내려다보았다.

쥐어져 있는 갈퀴, 푸석한 나무로 된 막대와 다 낡아 군데군데 녹이 슬어 있는 쇠스랑의 모습이 보였다.

"무림인이잖아요?"

여인의 말에 소하는 고개를 끄덕일 수밖에 없었다.

"장 영감님! 여기 일손 있어요!"

여인이 큰 소리로 활달하게 손을 휘젓자, 앞쪽에서 농기구를 든 채 걸어가던 중년인이 하핫 하고 웃는 소리를 냈다.

"그거 잘됐군! 물귀신 안 된 기념으로 땅이나 갈라고 해!"

"들었죠?"

소하를 툭 치는 여인의 모습.

햇볕에 탄 피부와 큰 눈망울. 그리고 얇은 입술이 매력적으로 보이는 여인이었다. 유원과는 또 다른 생동감이 느껴졌다.

"먹은 만큼 일해요."

"미음이었는데……."

소하의 중얼거림에 여인은 찌릿 눈총을 보냈다.

"여기에서는 그것도 못 먹는 사람이 많아요."

그 말에 소하는 아무 말도 하지 못하고 졸졸 중년인들을 따라갈 수밖에 없었다.

'그나저나.'

소하는 한숨과 함께 헛웃음이 일 것만 같았다. 조금 전, 농기구를 던져줄 때 그녀가 했던 말이 다시 떠올랐던 것이다.

"무림인이잖아요?"

그렇다. 소하는 부정할 수 없었다. 지금 그가 딛고 서 있는 땅, 멀리 보이는 산들과 푸르른 하늘, 새소리가 은은하게 귓전에 파고든다.

가슴이 아파왔다. 노인들도 이 풍경을 보았으면 좋겠다는 생각이 들었다.

하지만 지금은 그럴 수 없다. 마냥 슬퍼하고만 있을 때가 아니었다. 소하는 꽉 이를 악물었다. 슬픔은 조금 뒤로 미뤄두기로 했다. 일단은 지금 주변의 상황과, 자신이 해야 할 일을 파악해야만 했다.

'이곳이 무림이구나.'

다시 한 번 밝아오고 있는 하늘을 바라보며, 소하는 속으로 그리 중얼거렸다.

*　　　　*　　　　*

이설은 몇 달 전부터 이 화전촌(火田村)에 온 젊은 여성이라고 했다. 화전촌의 특징 상 여러 군데를 옮겨 다녀야 했기 때문에, 사실 젊은 나이대의 그녀는 유독 튀는 존재였다.

"저런 어린 아가씨가 그 나이에 우리들이랑 다니면서 밭이나 갈게 된 게 미안하긴 허지."

"그렇군요."

펑퍼짐한 바지를 입은 채 흙을 잔뜩 묻히고 옆으로 걸어가던 이설은 이내 자신의 이야기가 들려오는 것에 인상을 슬쩍 찌푸려 보였다. 성격이 조용하거나 차분하다기보단 활달하고 괄괄하다는 말까지 함께 나오고 있었다.

"하여간 그래서 다행이지. 만약 유순한 처녀였어 봐. 자네보고 '어마, 물귀신이다!' 하고 다가가지도 않았을 걸?"

"하긴, 그건 정말 살았네요. 괄괄해서 다행이다."

이설은 아미를 와락 찡그리며 입을 열었다.

"일 안 해요?"

그녀는 어이가 없을 지경이었다. 무림인이라기에 대충 밭가는 데에 도움이나 되겠지 싶어 사람들을 따라가게 만들어놓았더니만, 이틀이 지나자 어느새 의기투합해서 자연스럽게 대화를 나누고 있었다.

"이 청년이 금방금방 다 해서 말이야."

중년인 하나는 실쭉 웃으며 그렇게 말했다. 다들 비쩍 마르고 피부가 시커멓게 타 있는 모습들이었다. 소하는 그들을 둘러보다 이윽고 이설이 들고 있는 바구니에 눈을 옮겼다.

"뭐… 일을 다 했다면."

이설은 후우 하고 길게 한숨을 쉰 뒤, 그들에게로 다가와 바구니를 내려놓았다. 안에는 대충 뭉쳐놓은 밥과 다 마른 야채들이 놓여 있었다.

중년인들이 동그랗게 모여 앉아 그것을 나눠먹는 모습에 소하는 일단 그들이 먼저 밥을 먹도록 슬쩍 뒤로 비켜서며 주위를 둘러보았다.

'화전이라.'

주변을 불태워 땅을 만든 뒤 그것을 갈아 씨앗을 뿌리는 모양이었다. 지금은 이전에 만들어놓았던 밭의 확장인 듯, 소하는 한참 그들의 말을 따라 숯을 들고 이리저리 돌아다녀야만 했다.

"이제 싹만 나오면… 이번 해는 그럭저럭 넘길 수 있겠어."

중년인 한 명이 입가에 밥풀이 다 묻은 채로 씩 웃어 보이고 있었다. 농사를 짓는 이들에게 있어 그 해의 농사가 어찌 되었는지는 정말 중요한 일이기 때문이었다. 그러자 이설과 함께 물을 가져온 여인이 한숨을 토해냈다.

"그럼 뭐하겠수. 어차피 그놈들이 거의 다 가져가는데."

"그놈들요?"

소하가 물음을 던지자, 중년 여인은 고개를 끄덕이며 다시 한숨을 푹푹 내뱉었다.

"그래. 녹림당(綠林堂)이라는 놈들인데… 어휴, 틈만 나면 내려와서 어깃장을 놓아."

그들의 말에 이설은 분하다는 표정을 짓고 있을 뿐이었다. 몇몇 사람은 서로를 바라보며 쓴웃음을 보내다 이윽고 그녀에게 말했다.

"처녀가 걱정해 줄 필요는 없어. 오히려 우리가 더 걱정이지. 혹시 그놈들이 오면… 집 안에 꼭 숨어 있어야 해."

중년 여인의 진심으로 걱정된다는 목소리에 이설은 입을 빼끔거리다 이윽고 고개를 끄덕여 보일 뿐이었다.

그 장면을 뒤쪽에서 바라보던 소하는 흠 소리를 조그맣게 내며 하늘을 올려다볼 뿐이었다.

*　　　*　　　*

"녹림당이란 건, 산적(山賊) 같은 건가요?"

일을 마치고, 어둠이 눅눅하게 내려앉으려 하자 촌민들은 각자 얼기설기 지어놓은 집 안으로 들어섰다.

'왜 어제는 딴 데 가서 자놓곤…….'

이설은 소하의 거취를 두고 고민했지만, 다들 의미심장한 눈으로 그녀의 옆구리를 쿡쿡 찔러댈 뿐이었다.

"그런데 지금, 왜 따라와요?"

그녀가 마침내 참지 못하고 묻자, 소하는 고개를 갸우뚱 기울이며 중얼거렸다.

"잠자려고요."

그 말에 이설의 표정이 엄청나게 험악해지자, 소하는 무슨 잘못을 했나 의문이 일 정도였다.

"지금 무슨… 당신, 으……."

말을 차마 못 잇겠다는 듯 고개를 휙 돌려 버리는 이설의 모습. 소하는 잘 모르겠지만 일단 조용해졌으니 얌전하게 그녀의 뒤를 따라 집 안으로 들어섰다. 방 안에서 척척 윗목으로 향해 이불을 들고 경계의 시선을 보내는 이설의 모습에 소하는 알 수 없다는 듯 미간을 찌푸리다 조용히 중얼거렸다.

"밤이면 꽤 춥던데."

보아하니 지금 날씨는 봄인 모양이었다. 낮은 제법 선선하지만, 밤은 아직도 바람이 세차게 불고 있었다.

"당신이 뭔 짓을 할 줄 알고."

이설은 투덜거리며 방의 중간선을 가리켰다.

"넘어오면 무림인이고 뭐고 다 없어요. 관에 가서 태형(笞刑)이라도 받게 만들 테니까."

"허어."

소하는 알겠다며 쉽게 수긍한 뒤 그녀에게 얇은 천을 받아 무릎 위에 덮었다. 아직 잠을 자기엔 이른 시간이었기에, 조금이라도 대화를 하려 했던 것이다. 이설이 촛불을 켜기 전까지

기다린 소하는 조용히 입을 열었다.

"내가 무림인인지는 어떻게 알았어요?"

기름이 아까운 듯 쩝 소리를 내며 초를 노려보던 이설은 이내 심드렁하니 대답을 했다.

"천망산 쪽에서 큰 싸움이 벌어졌고, 그쪽에서 흘러오는 강에 댁이 떠 있었으니까요."

그렇다면 그 싸움이 일어난 지 조금 시간이 지난 모양이었다.

"대략 나흘 정도 전이에요."

'벌써 그렇게 되었나.'

아마 꽤나 떠내려 온 모양이었다. 천양진기가 없었다면 진작 익사체가 되었겠지. 소하는 내심 그렇게 느끼며 깊게 한숨을 내뱉었다.

그를 가만히 바라보던 이설은 이내 입맛을 다시며 말을 이었다.

"녹림당이라고는 했지만, 예전 시천월교가 지배할 때 사라진 조직을 다시 세운답시고 까부는 잔당 세력들이에요."

이설의 설명으로는 이전 무림에는 녹림당이라는 큰 산적 조직이 존재했다고 한다. 그러나 시천월교의 정복 사업 때 녹림당은 강제적으로 해체됐고, 녹림칠십이채(綠林七十二砦)라 불렸던 거대한 조직은 모조리 파괴당했다는 이야기였다.

"이제 시천월교가 멸망의 조짐을 보이니, 다시 슬금슬금 기어 나오는 거죠. 무림인인데 그것도 몰라요?"

"아직 어려서……."

소하의 중얼거림에 이설은 인상을 썼다.

"몇 살인데요?"

"열 일곱이요."

더욱 험악해지는 이설의 표정을 보며 소하는 내심 참 표정이 다양한 사람이라는 생각이 들었다.

"나보다 어리잖아!"

"그런가요?"

여전히 능청스러운 말에 이설은 끙 소리를 내며 이마를 두드렸다.

'에휴. 어린애인데 괜히 걱정했네.'

소하는 이설보다 약간 더 키가 컸지만, 아직 소년과 청년의 경계에 서 있는 듯한 모습이었다. 그렇기에 내심 혹시나 밤을 틈타 자신에게 못된 짓을 하지 않을까 생각했지만, 이틀 동안 하는 행동이나 말하는 것을 보고 안심해도 괜찮을 것만 같았다.

"말 놓으셔도 괜찮아요."

"허락 구할 생각도 없었는데."

이설이 그리 말하자 소하는 픽 웃어 보일 뿐이었다.

"아무튼 빨리 자. 그래야 키가 크지."

"으……."

소하는 내심 키가 별로 크지 않은 걸 불만으로 여겼는지 그 말에 수긍할 수밖에 없었다. 내심 마 노인이나 척 노인처럼 큰 키를 가지고 싶었던 것이다.

불이 꺼지자 이설은 이불을 덮으며 말을 꺼냈다.

"그런데 오늘은 왜 이리로 온다고 한 거야? 아저씨들이 나쁘게 굴어?"

소하가 자신보다 어리다는 사실을 알자마자 부쩍 편하게 말을 하는 그녀였다.

"물어보고 싶은 게 있어서요."

이설은 누운 채로 눈을 깜박였다. 물어보고 싶은 것? 자신에게 딱히 그럴 만한 게 없다는 생각이 들었기에 그녀는 웃음소리를 냈다.

"뭔데?"

불이 꺼지자 주변은 고요해졌다. 바깥에서 은은하게 들려오는 벌레 소리만이 울릴 뿐이었다.

"무림인이시죠?"

부스럭거리는 소리가 났다. 소하는 누운 채로 가만히 눈을 옆으로 향했다.

그곳에는 달빛을 받아 은은하게 상체를 일으킨 이설의 모습이 엿보이고 있었다.

반짝이는 빛.

그녀의 손에는 단검 하나가 쥐어져 있었다.

*　　　*　　　*

불이 타오르고 있었다.

사람들은 환호성을 질렀다.

"마교 놈들을 죽였다!"

"자유다!"

시천월교의 사천 분타는 완전히 폐허가 되어 있었다. 바닥에 이리저리 뿌려진 핏물. 그리고 시체들은 끔찍한 표정으로 땅을 나뒹굴고 있는 모습이었다.

"수고하셨습니다."

환호를 지르고 있는 사람들 뒤쪽에서 여러 무인들이 다가와 한 남자에게 인사를 건넸다. 이 자가 바로 사천 분타에 입성해, 그곳을 맡고 있던 분타주와 대결을 해 그를 꺾은 이였다.

천협검파의 검주인 서효는 입고 있는 흰 백의가 온통 시뻘겋게 물든 채로 조용히 중얼거렸다.

"역겨운 자들이로군."

앞에서 싸운 이들은 부상을 당한 채, 모두 뒤에서 치료를 받고 있는 형국이었다. 지금 환호를 지르는 자들의 대부분은 뒤에서 그저 싸움을 지켜본 자들에 불과했던 것이다.

"하지만 저들이 있기에 우리의 대의가 충족됩니다."

한 남자의 말에 서효는 퉤 하고 옆으로 피 섞인 침을 뱉었다. 시천월교의 사천 분타주는 제법 강한 자였다. 죽는 그 순간까지 시천월교의 재흥(再興)을 믿어 의심치 않았고, 자신의 죽음이 조금이라도 시천월교의 동료들에게 도움이 되기를 바라고 있었다.

'맹신(盲信)이 어리석다는 건 안다.'

서효는 칼을 옆에 서 있는 문원에게 맡기며 독수리 같은 눈을 찌릿 기울였다. 그는 이 상황이 도저히 마음에 들지 않았다. 시천월교의 지배 역시 거부감이 들었기에 무림맹에게 힘을 빌려준 것이지만, 지금 앞에서 거들먹대는 자들의 태도 역시 마찬가지였다.

그중에는 무림맹의 일원들도 껴 있었다. 아마 저들은 이후 사천 분타의 지배권을 가지고 자신들의 권리를 주장할 것이다.

'하지만 거기서 거기로군.'

서효는 몸을 돌렸다. 당황한 문원들이 그를 바라보자, 그는 차갑게 말을 이었다.

"검파로 돌아간다."

그 말에 서 있던 자들이 즉시 검례(劍禮)를 올렸다. 척 소리와 함께 열 명의 무인들이 자세를 잡는 모습. 이들이 바로 무림에 이름 높은 천협검파의 무인들이자, 현 시대의 강자들 중 하나이기도 했다. 그들을 통솔하고 있던 서효는 여전히 환호를 지르고 있는 자들을 흘겨보며 중얼거렸다.

"여기 있어봤자 기분만 더러워질 뿐이니."

상처 치료는 가면서 하겠다는 말이다. 서효가 그렇게 뚜벅뚜벅 걸음을 옮겨 떠나 버리자, 곧 불길은 더욱 거세지기 시작했다. 타오르는 불길은 아직 살아 있는 시천월교의 항복한 이들까지 모조리 삼켜 버리며 허공을 향해 시커먼 연기를 내뱉고 있었다.

어둠은 밝은 빛에 먹혀 스러지고 있는 모습이었다. 하지만 그곳에서 멀어지는 서효에게 그 빛은 전혀 좋게 보이지 않았다.

'저게 다 불타고 나면, 나까지 집어삼키고 말 화마(火魔)가 되겠지.'

그는 무림이 이제부터 어디로 향할 지 알 수 없었다. 그렇기에 지금 더욱더 조심해야만 하는 일이었다.

서효는 씁쓸하게 눈을 돌리며, 걸음을 옮겼다.

한 걸음이라도 더 빨리 그 광경에서 멀어지고 싶었다.

*　　　　*　　　　*

"어떻게 알았지?"

소하는 한숨을 푹 내쉬었다. 단검을 쥔 자세, 틀림없이 여러 번 칼을 다뤄본 듯한 모습이었다. 추측이 확신으로 변하자 소하는 싸울 마음이 없다는 뜻으로 양손을 들어 올리며 말했다.

"그냥, 그래 보였어요."

천양진기를 익히며 척 노인에게 배운 것은 상대를 살피는 요령이었다. 소하에게는 이설의 몸에 감돌고 있는 은은한 내공의 흐름이 느껴졌던 것이다. 일반인들이 내공을 가질 일은 드물기에, 그녀가 무림인이 아닌가 자연스레 의심이 들 수밖에 없었다.

"덤비지는 말아주세요."

"어쩌려고?"

이설의 목소리가 날카로워졌다. 이제까지 보이지 않았던 모습. 그녀가 가진 본래의 속내인 듯했다.

"저도 그럼 손을 써야 하니까요."

위협이 된다면, 아무리 여자라고 해도 목숨을 노려 오는 경우엔 공격해야만 했다. 소하의 그 말에 이설은 소하를 노려보다 이윽고 달각 소리가 나도록 세게 단검을 놓았다.

'익사하기 직전이었던 게, 고의는 아니겠지.'

소하는 정말로 죽기 일보 직전에 구출된 상황이었다. 그가 모종의 이유로 이설을 노리고 이곳에 온 것은 아닐 것이란 생각에 그녀는 한숨만 내뱉을 뿐이었다.

"왜 물어본 거야?"

"여기에 온 이유를 알고 싶어서요."

소하의 말은 단도직입적이었다. 무림인인 그녀가 화전민들 사이에 섞여 농사 생활을 한다? 제대로 이해하기는 힘들었다. 더군다나 그녀의 움직임은 아직도 기민하고 날카로워 보였다.

"…임무가 있어서."

임무? 소하는 눈을 동그랗게 떠 보일 뿐이었다.

"더 이상은 말해줄 수 없어. 왜, 고문이라도 하게?"

"무서운 말씀을 하시네요."
소하는 말이 끝나자 몸을 굽혀 창가를 바라보았다. 부스럭거리면서 자세를 돌리는 소하를 째려보던 이설은, 이내 조심스럽게 말을 이었다.
"나쁜 생각으로 저 분들한테 접근한 건 아니야."
"그래 보였어요."
대수롭지 않다는 듯 나오는 말에 이설은 끙 소리를 냈다. 저 꼬마의 말에 말려 버린 느낌이 들었다. 그녀는 단검을 품속으로 넣으며 헛기침을 했다.
"흠, 흠. 그러니까 괜히 소문내지는 마. 혹시 내 약점을 잡기라도 하려고……!"
"생각이 너무 많이 나가시네요."
능글맞게 웃음짓는 소하의 모습이 괜히 얄미워보였다. 이설이 아미를 찌푸리자 소하는 나직이 입을 열었다.
"그냥 이야기를 듣고 싶었어요."
이야기? 어둠 속에 뜬 달빛이 희미하게 소하의 인영(人影)을 비춰주고 있었다. 하얀 달빛 때문에 마치 반짝거리는 듯한 느낌이 들 정도였다.
"무림의 이야기."
소하의 눈은 마치 별무리 같았다. 어둠속에서 반짝거리는 것에 이설은 저도 모르게 두근두근 뛰는 가슴을 부여잡았다.
'어라, 이거 어린애한테 왜 이래.'

"모르는 게 많아서 그런데 가르쳐 주실 수 있어요?"

소하의 질문에 이설은 으음 하고 길게 신음을 냈다. 밤은 길다. 해가 빨리 져버려서 아직 잘 시간도 되지 않았기에, 그녀는 별수 없이 손을 들어 등불을 찾았다.

"조금이라면, 뭐……."

별수 없다는 듯 입술을 삐죽이는 이설의 모습에, 소하는 좋아라 웃음 지으며 앞으로 엉덩이를 당기려 했다.

"하지만 접근은 거기까지."

그녀가 손가락으로 엄중히 다가오는 것을 막자 소하는 다시 삐질삐질 엉덩이를 빼 문 쪽으로 이동해야만 했다.

"뭐가 궁금한데?"

소하는 잘 몰랐지만 그녀는 하오문(下午門)이라는 정보상(情報商)과 같은 문파에 소속되어 있는 사람이었다. 그렇기에 그런 정보들을 묻는 것에는 척척 대답해 줄 수 있다 자신했던 것이다.

"무림 전체요!"

소하의 말에 이설의 표정이 일그러졌다.

"너 무림인이라고 하지 않았어?"

"그렇긴 한데… 사정상 나가보지를 못해서……."

이설은 순간 입술을 다시 삐죽였다. 나가보지를 못했다? 근처에서 큰 싸움이 일어난 것은 천망산에서 일어난 시천월교에 대한 무림맹의 공격밖에 없었다.

'설마, 이 녀석 월교 놈인가?'

하지만 소하는 그래 보이지 않았다. 시천월교의 인물이 이런 식으로 어설픈 모습들을 보여줄 것 같지도 않았고, 이상하게 그의 눈을 볼 때면 그가 악인이라는 생각이 들지 않았다.

'뭐, 지금은 방해할 생각이 없는 것 같으니.'

이설은 흠흠 소리를 내며 땅바닥을 두드렸다. 만약 그가 월교인이든 아니든, 그녀가 공짜로 알려줄 수 있는 정보는 정말 무림인이라면 누구나 알 만한 상식들 정도였다.

"간단하게라면 설명해 줄게."

그 말에 소하는 냉큼 고개를 끄덕였다.

*　　　*　　　*

"도망쳐야 합니다."

횃불이 타오르는 소리가 은은하게 번졌다. 얼기설기 나무를 모아 만들어진 건물, 그 안에는 이십 명이 자리해 한 남자를 바라보고 있었다.

"그 작자들이 원하는 게 무엇인지는 몰라도… 이대로 계속 산적질을 한다 해서 나아질 건 없습니다. 당주도, 채주도 없는 상황에서……."

다들 동의하는 분위기였다. 무거운 침묵이 흘렀고, 그것에 홀로 커다란 의자 하나에 앉아 있던 거한의 눈이 번득였다.

"그럴 수는 없다."

웅성거리는 소리가 들렸다. 맨 먼저 말을 꺼낸 남자 하나가 인상을 찌푸렸다. 다른 이들처럼 낡고 해진 옷을 입고 있지만, 덩치가 작고 마른 자였다.

"이미 멸망한 녹림의 이름을 다시 우리에게 부여하려 한다는 건……!"

"우리가 칠십이채를 부흥시키길 원한다는 뜻이지."

걸걸한 목소리에 다들 당황한 표정만을 짓고 있을 뿐이었다. 덩치가 작은 남자는 필사적으로 팔을 휘저으며 소리를 높였다.

"어불성설(語不成說)입니다! 시천월교가 있었던 이전이라면 몰라도… 지금 이 상황에서는!"

"혼란이 왔다."

거한은 조용히 그리 중얼거렸다. 의자에 앉아 있던 그는 소매가 뜯어진 옷 사이로 꿈틀거리는 근육을 드러내며 위협스러운 표정을 지었다. 여러 갈래의 흉터들이 얼굴을 그어놓은 모습. 누구나 처음 거한의 얼굴을 볼 때면 저도 모르게 숨을 들이마시곤 했다.

"이 함에 무엇이 들었는지는 몰라도. 우리를 지원해 주는 자가 생겼다는 건 중요한 일이지."

이건 바로 거한이 붕괴된 녹림칠십이채 중 녹림왕(綠林王)의 맹룡채(盟龍砦)에서 발견해 가지고 나온 것들 중 하나였다. 그리고 도망 다니며 산적질을 전전하던 중 자신들에게 누군가가 접근을 해왔던 것이다.

"그걸 가지고 있겠다면, 원하는 것을 들어주지."

막대한 재물을 요구했다. 그리고 그것이 금방 현실로 이루어진다면 다시 녹림채의 재흥을 노릴 수도 있는 것이다.

"철저히 이용해야만 한다."

그러나 거한의 말에 덩치가 작은 남자는 윽 소리를 낼 뿐이었다.

'그들은 고수였다.'

저 거한에게 뒤처지지 않는 자들이었다. 그렇다면 왜? 남자는 그들의 의도가 궁금했다. 손을 쓰면 간단히 함을 차지할 수 있는 일이거늘, 굳이 자신들에게 그것을 맡겨놓을 이유가 없었던 것이다.

"위험합니다. 지금 식량도 바닥나고 있는 판에……."

"애들 내려 보내서 더 긁어오면 된다. 어차피 금방이야."

하지만 밑쪽에 있는 화전민이나 조그마한 마을의 주민들 역시 기근에 시달리고 있었다. 그런 이들에게 식량을 빼앗아봤자 단기적인 일일 뿐이다. 그들마저 죽거나 떠나 버리면, 이 어설픈 산채는 그 순간 망해 버릴 가능성이 높았다.

"이동하면 됩니다. 여기 말고 좀 더 땅이 고르고 농사를 지을 수 있는 곳을 골라서……."

"내가 농사꾼으로 보이나!"

쿵 소리와 함께 팔걸이를 내리친 거한은, 이내 이글이글 타오르는 눈을 들어 남자를 노려보았다.

"우리는 녹림도다! 내가 채주고!"

그의 고함에 다들 움찔거릴 뿐이었다. 남자는 인상을 와락 쓰며 속으로 중얼거렸다.

'뭐가 채주냐. 모조리 죽고 난 뒤에… 그 자리를 차지한 것뿐이면서.'

하지만 그가 여기서 제일 강한 자였다. 실제로 그의 무공은 제법 인정을 받고 있었고, 이전 채주를 결정할 때에도 자신에게 반발하던 둘을 단숨에 토막내 죽인 이력이 있었던 터였다.

모두가 잠잠해지자 거한은 코웃음을 치며 자리에서 일어났다.

"아까 말한 대로 움직여라. 어차피 곧 그들을 다시 만날 테니!"

그는 그리 말하며 어둠 속을 휘적휘적 걸어 사라져 갔다. 납치한 여인들을 취하러 가는 것이다.

남자는 흩어지는 동료들을 보며 머리를 싸잡았다. 아무리 살기 힘들고 집에서 도망쳐 나왔다고 해도, 녹림 잔당들의 행동은 상당히 짜증을 유발했다.

'이대로라면 정말… 나라도 도망쳐야 하는가.'

그러나 그가 살아남을 수 있을 리 만무했다. 그는 으득 이를 악물며 한숨만을 내뱉을 뿐이었다.

'누군가가 도와주기라도 하면 좋을 것을.'

하지만 허무한 바람이었다.

*　　　*　　　*

“너, 하오문을 모른다고? 미친 거 아니야?”

“모, 모른다니까요.”

소하는 그녀에게 이야기를 물어봤던 이전의 자신을 한 대 때려주고 싶다는 생각이 들었다. 그녀는 입이 풀리자마자 즉시 따박따박 이야기를 쏘아내기 시작했고, 급기야 소하가 물어보지 않은 것들마저 이어서 얘기하기 시작한 것이다.

“하오문은 말이야. 무림에선 꽤 천대받긴 하지만 나름 좋은 곳이라고. 아까 화산파나 무당파도 모르더니만, 너 진짜 깜깜하구나? 하오문은 꽤나 크다고. 옛날 옛적에 개방이 시천월교한테 완전히 깔아뭉개졌을 때에도, 하오문은 꿋꿋이 남아서 버텼다? 다 기루(妓樓)나 객점(客店)들에 있는 하오문도들 덕이었지. 사실 지금까지 무림맹이 존속된 것도 다…….”

‘괜히 물어봤다.’

소하는 결국 먼저 말을 꺼낸 자신의 잘못이란 걸 알았기에, 묵묵히 이설이 주절주절 떠드는 것을 들어주어야만 했다. 그래도 중간중간 예전 노인들에게 들은 내용들을 들을 수 있었다. 화산이나 무당, 이전 시천월교와의 싸움에서 무너졌다는 구파일방의 이야기들이었다.

‘정보는 많이 들어둬야지.’

척 노인은 언제나 정보의 중요성을 역설했다. 잘 모르는 놈은 아는 놈보다 죽을 위기가 몇 배는 더 많이 온다는 뜻에서였다. 그래서 더욱 열심히 들으려고 시도하고 있었다.

"항상 위쪽 사람들은 하수(下手)라고들 욕하는데, 사실 그쪽도 먹고 살려면 어떻게 되겠어? 응? 열심히 일해야 하지 않겠어? 그러니까 다들 무공 수련이니 어쩌니 하기보다 일단 생활에 집중할 수밖에 없는 거야. 그러니까 하오문 무공들이 다 그런 잡기(雜技)에 가까운 거고 말이야. 또……."

'오늘 내로 끝나기는 하겠지?'

다만 이상하게도 눈꺼풀이 무거워지는 소하였다.

* * *

"소하 총각. 눈이 왜 그래?"

"잠을 못 자서요……."

소하는 비틀비틀 움직이며 쇠스랑으로 잡초들을 솎아내고 있었다. 평소라면 환열심환의 힘으로 며칠은 잠에 들지 않아도 너끈히 버틸 수 있었겠지만, 상처를 치유하는 데에 힘을 많이 소모했는지 지금은 예전보다 몸에 활력이 돌아오지 않고 있었다.

'게다가 별별 이야기를 다 들었고 말이지.'

소하는 늘어지게 하품을 뱉으며 고개를 휘휘 저었다. 나올 때 몸을 움직이기는 했지만, 여전히 피곤하긴 마찬가지였다.

"이설 처녀도 그러더니만… 어머, 이것 봐라?"

소하는 고개를 들어 뒤를 바라보았다. 무슨 생각을 하는지 몇몇 중년 여인이 서로 눈을 맞추며 음흉한 미소를 짓고 있었다.

"우리가 배려를 못했었네. 좀 더 좋은 이불을 갖다 줬어야 하는데."

그러고는 호호 웃는다. 소하는 알아듣지를 못해 고개를 갸웃거릴 뿐이었지만, 이내 옆에서 눈을 껌벅이며 졸린 표정이 가득한 이설이 다가오자 곧 중년 여인들의 웃음도 싹 잦아들었다.

"으, 죽겠네."

"그러니까 적당히 좀 하라니까요."

소하의 목소리에 이설은 투덜투덜거리며 고개를 빙빙 저었다.

"네가 먼저 말 안했으면 이럴 일도 없었잖아."

이설은 구파일방과 사파, 그리고 각종 문파들에 대한 이야기를 적당히 소하에게 전해주었다. 문제는 적당히라고 해도 이야기를 전부 듣는 데만 두 시진이 넘는 시간을 소모했다는 것이었다.

'더군다나 갑자기 딴 데로 새기도 했고.'

특히 하오문이란 곳에 대해서는 정말 귀에 못이 박히도록 들어야만 했다. 소하에게 있어 신기한 곳이긴 했지만, 잠을 참으면서까지 들어야 하나에 대해선 회의가 일 수밖에 없었다.

"어머, 어머머."

"하여간 앞집도 그렇고. 역시 다들 힘내고 있구만."

그 말에 소하는 여전히 고개를 갸웃거릴 뿐이었다.

"아, 앞집 아주머닌 괜찮으세요?"

이설의 물음에 중년 여인은 턱에 손을 얹으며 한숨을 내쉬었다.

"에휴. 혼자 몸이 아니니, 아무래도 힘들지. 마음으로도 한계가 있고… 애를 제대로 낳을 수 있을지도 모르겠네."

아이? 소하는 중년 여인을 빤히 바라보았다.

"소하 청년은 아직 모르겠구나. 밖에 요즘 통 나오질 못하니……."

"남편도 죽었으니."

그 말에 이설도 인상을 찌푸릴 뿐이었다. 중년 여인들은 한숨을 잔뜩 내쉬며 고개를 저었다.

"그래도 살 사람은 살아야지. 이야기는 그만하고, 일을 해야겠어."

"네."

억센 사람들이다. 소하는 농기구를 바꿔 들며 그리 생각했다. 이들과 대화를 나누며, 그들이 수탈(收奪)당하고 있다는 사실을 알 수 있었다. 녹림이란 이름을 가진 산적패들, 그들은 간간히 이곳으로 내려와 그들이 애써 가꾼 채소나 곡식을 빼앗아 간다고 했다.

그럼에도 그들은 살아가려 했다. 떠나려면 또다시 화전을 일굴 만한 땅을 찾아야 했고, 그곳에서 어떤 자들을 만날 지도 확신할 수 없었다.

그렇기에 여기에 머무르며 조금이나마 입을 풀칠해 가며 살고 있는 것이다.

"팍팍하지?"

이설은 중년인들이 파헤쳐놓은 잡초들을 한데 모아 구석으로 치우며 중얼거렸다.

"네가 바랐던 무림은 이런 곳이 아닐 거야."

이곳을 무림이라 할 수 있을까? 무를 익힌 자는 없다. 소하와 이설을 빼고는 모두가 일반인, 심지어 칼이나 창 같은 병기를 쥐어본 자 역시 없었다.

소하는 눈을 돌렸다.

"아뇨."

"살아남으려는 각오를 가져라."

마 노인은 그렇게 말했다. 무인의 조건, 그들에게 무공을 배우기 위해서 반드시 갖춰야 하는 자질이었다.

"여기에 와서 다행이에요."

이설은 그런 소하의 모습을 보며 고개를 절레절레 저을 뿐이었다. 무슨 생각을 하는지는 알 수 없었지만, 그녀는 이곳을 볼 때마다 속이 씁쓸해지곤 했다.

"일단 움직여. 얼른 오전에 할 일을 해놔야 오후가 편해지는……."

비명이 들렸다.

소하와 이설의 눈이 단박에 옆으로 향했다. 멀리 보이는 논. 그곳에서는 중년인 하나가 발에 차여 나뒹굴고 있었다.

"저건……!"

큰 우미도(牛尾刀)를 들고 있는 자. 서슬 퍼런 빛을 뿜는 칼날의 모습에 다들 두려운 표정을 지으며 물러서고 있었다.

얼굴에는 칼로 그은 듯한 흉터가 나 있다. 오른쪽 귀 아래에서부터 입가까지의 상처. 보는 사람들에게 절로 두려움을 안겨줄 것만 같은 인상이다.

그는 쯧 하고 혀를 차며 서슴없이 밭을 밟으며 들어서고 있었다.

"안 돼."

소하는 자신을 붙잡는 이설의 손을 느꼈다. 그는 앞으로 나가려 했다. 이곳의 화전민들이 어떤 고생을 해가면서 밭을 일구었는지 알고 있었기 때문이었다. 하지만 이설은 다급히 소하의 팔을 붙잡은 상태였다.

"저자들은 하수야. 솔직하게 말해서 약해. 네가 만약 강한 무공을 익혔다면… 이길 수 있을 거야."

그러나 이설은 필사적으로 말을 이었다.

"그러면? 네가 떠나고 난 뒤에, 이 사람들은?"

소하의 눈이 동그랗게 커졌다. 이윽고 주먹을 꽉 쥔 소하는 뒤쪽에서 슬픈 표정을 짓고 있는 중년 여인들을 보았다.

숨을 내쉬는 시간은 아주 짧았다.

이설은 그때 소하의 눈에 여러 감정들이 봇물치는 것을 보았다.

'나를 경멸하겠지.'

그렇다고 저들을 내버려 둬야 하는가? 그것마저도 젊은 혈기에는 좋게 비치지 않을 것이다. 하지만 이설은 그를 꼭 붙잡아야만 했다. 소하가 손을 놓으려 한다 해도, 그를 붙잡다 땅을 뒹구는 한이 있어도 막아야만 했다.

"알겠어요."

그녀는 눈을 크게 떴다.

소하는 손을 풀며 이내 그들에게로 눈을 향하고 있었다.

"곡식을 가지러 온 건가요?"

"아마도."

이설의 목소리에 소하는 조용히 고개를 끄덕일 뿐이었다.

"사람들에게 해를 끼친다면……."

"저들도 우리가 필요해."

실제로 발로 찬 건 한 명뿐. 그 외에는 저 섬뜩한 우미도를 휘두르지 않고 있었다.

"참으면, 지나가는 거야."

"인내한다는 것이 어떤 의미인지 아느냐?"

소하는 문득 현 노인의 목소리가 들려오는 것만 같았다.

주먹을 쥐었다. 어렵다. 그렇게 웃던 이들이 지금은 신음과 함께 필사적으로 조금의 식량만을 남겨 달라 간청하고 있었다.

그들이 애써 모은 곡식은 절반도 남지 않았다.

*　　　*　　　*

"그래도 다행이야."

장 영감은 한숨을 내뱉으며 중얼거렸다. 이 화전민들 중 가장 연장자인 그는, 이내 서글픈 눈을 옆으로 향하며 중얼거렸다.

"일단 당장은 살 수 있으니."

모두가 어두운 표정을 하고 있었다. 하지만 양은 여전히 빠듯했다. 모두의 시선은 장 영감을 향해 있었다.

"괜찮아요, 영감님?"

"응. 튼튼하다구."

발에 차인 건 바로 그였다. 조금만, 조금만이라도 먹을 수 있는 걸 남겨 달라 애걸하다 귀찮다면서 걷어차였던 것이다. 그는 팔을 들어 올려 보이며 하하 웃음을 보였다.

"농사로 다져진 몸인데, 칼만 아니면 괜찮아."

소하는 멀리서 그것을 바라보고 있었다. 어느새 밤이 왔고, 모아놓은 잡초에 불을 옮겨 모닥불을 만든 화전민들은 곡식 조금을 멀리서 퍼온 물과 함께 끓이고 있었다.

"이전에 한 무림인이 이곳을 지난 적이 있었어."

젊은 무림인. 단정한 무복에 영웅건을 두른 당당한 남자였다. 그는 주민들의 상황에 안타까워했고, 실제로 일을 도우며 땀을 흘리기까지 했다. 그런 상황에서 그는 산적들을 보았다. 용서할 수 없었던 그 남자는 즉시 칼을 뽑아들었고, 산적 두 명은 그를 우습게보았다가 팔과 다리를 베이고 쓰러져 버렸다.

"그 사람은 산적들에게 호령하며 말했었지. 이곳을 건드리지 말고, 딴 곳으로 썩 물러가라고."

이설은 씁쓸하게 웃었다. 그녀가 막 이 화전에 들어온 당시의 일이었다.

"돌아가던 중, 그 사람은 습격을 받아 죽었어."

당연한 일이었다. 어둠을 틈탄 열댓 명의 기습. 아무리 강하다 해도 그런 상황에서 몸이 제대로 움직일 리가 없었다.

"마을 사람 중 다섯 역시 본보기로 죽었지."

채주라고 한 거한. 그는 아무런 가책도 없이 남자들을 칼로 내리쳐 죽였다. 울부짖던 여인들의 목소리와 안타까운 신음을 이설은 아직도 기억하고 있었다.

"앞집에 있는 채(彩)씨는 거기서 죽은 한 명의 부인이었고."

그녀는 그 후 식음을 전폐하고 살다시피 했다. 따라 죽으려 했던 것이다.

하지만 자신의 배에 아이가 있다는 걸 뒤늦게야 알아버렸다.

"소하 청년!"

중년 여인이 성큼성큼 다가오며 소하에게 그릇을 건네주었다. 때가 끼고 삭은 그릇. 안에는 죽이 들어 있었다.

"이거 먹어. 일도 많이 했는데."

"아……."

소하는 저도 모르게 내밀어진 그것을 받아들었다. 따뜻하다. 그릇 위에서는 김이 모락모락 오르고 있었다.

"오늘 일, 잘 참았어."

중년 여인은 주름지고 다 타버린 얼굴에 미소를 지은 채로 말했다.

"한심하겠지만… 그게 우리가 할 수 있는 전부야."

"……."

소하는 침묵한 채 고개를 끄덕일 수밖에 없었다. 중년 여인은 이윽고 천천히 그릇을 들어 올렸다.

"채씨한테는 내가 갈까?"

"제가 갈게요. 아주머니도 쉬세요."

이설이 일어서는 것에 중년 여인은 고개를 끄덕였다. 소하의 눈. 그녀는 자신을 빤히 바라보는 걸 알아차리곤 피식 웃었다.

"같이 갈래?"

냉큼 일어서는 소하였다.

함께 걸어 간 곳은, 허름한 집이었다. 폐가에 진흙을 바르고 짚을 엮어 어떻게든 얼기설기 집의 모양을 완성시켜 놓은 모습.

"여기가 가장 좋은 집이야."

화전민들은 임신한 그녀에게 어떻게든 편안한 환경을 만들어주고자 했던 것이다.

문이 열렸다. 안에서는 사람의 숨소리가 희미하게 들리고 있었다.

"저녁 드세요."

그 목소리에 꿈틀거리는 모습. 소하는 이불 아래에서 희미하게 눈을 뜨는 여인을 보았다.

반쯤 빠져 버린 머리. 반개한 눈 밑에는 그늘이 뺨까지 내려와 있었다. 영양을 제대로 섭취하지 못했는지라 두 눈은 파이고 광대뼈가 도드라져 보였다.

그녀는 손을 뻗고 있었다. 달빛을 받아 하얗게 보이는 두 팔. 끔찍할 정도로 앙상했다.

그녀가 편히 먹을 수 있도록 미지근하게 된 죽. 소하는 조용히 채씨가 죽을 씹어 삼키는 것을 바라보았다.

'밥을 먹는 것 같지 않아.'

소하는 멍하니 그것을 볼 수밖에 없었다.

그녀는 마치, 더 이상 먹고 싶지 않은 것을 억지로 꾸역꾸역 목구멍 안쪽으로 밀어 넣고 있는 것 같았다.

아이를 살리기 위해서 말이다.

죽이 동나자, 이설은 그릇을 받아들며 고개를 살짝 숙였다.

"죄송해요. 밥을 드리고 싶었는데."

"아니야."

채씨의 목소리는 다 말라붙어서, 마치 손톱으로 돌을 긁는 것만 같은 느낌이었다.

"고마워."

이설은 조용히 인사를 한 뒤 자리를 나섰다. 소하는 그때까지 아무 말도 하지 않았고, 침묵이 흐르자 이설은 고개를 슬쩍 뒤로 젖히며 중얼거렸다.

"아마 며칠 내로 아이가 나올 거래. 괜찮을지는 모르겠지만… 부처님이 있다면 보살피시겠지."

불상은 없지만, 이라며 이설은 쓴웃음을 지어보였다. 그러나 여전히 소하는 아무 말도 하고 있지 않았다.

"네가 침울해 할 필요 없어. 내가 막은 건데."

"생각을."

소하의 말에 이설은 고개를 갸웃거렸다.

"응?"

"생각을 하고 있었어요."

소하는 하아 하고 길게 숨을 내뱉었다.

'싸우고 있었어.'

채씨는 자신을 둘러싸는 수많은 감정과 싸우고 있었다. 그 수많은 악의 속에서도, 그녀는 어떻게든 자신을 지탱하고 있었다.

"살아간다는 건, 정말로 힘든 일이지. 죽는 것보다도."

현 노인도, 척 노인도, 마 노인도. 구 노인까지도 그러한 말을 해주었다. 소하는 그들의 마음을 이제야 조금 알 수 있었다. 이제까지 소하는 절대 닿지 못했던 경지.

그곳에 소하를 닿게 해주고 싶었던 것이다.

'그래서 절 보내려 하셨던 거였군요.'

소하는 하늘을 올려다보았다. 달빛은 밝다. 이전, 천망산의 지하에서 노인들과 함께 어울리며 보았던 것과 같은 달빛이었다.

"야… 너, 울어?"

소하는 눈을 감은 채 조용히 허공을 올려다보고 있었다.

"안 울어요."

그렇게 말하며 몸을 돌리는 것에, 이설은 알 수 없다며 고개를 갸웃거리더니만 이내 픽 웃을 뿐이었다.

*　　　*　　　*

바람이 불고 있었다.

어두운 평원.

그곳에 서 있는 세 명의 남자는 조용히 피풍의(避風衣)를 두른 채로 위쪽에 얼핏얼핏 밝은 불꽃이 어른거리는 산채를 올려다보는 중이었다.

"저곳인가?"

모두가 방립(方笠)을 쓰고 있어 얼굴을 확인할 수는 없었다. 맨 앞에 서 있는 남자의 걸걸한 목소리에 키가 작은 이가 재빨리 대답했다.

"그렇습니다. 조사에 의하면 맹룡채가 괴멸된 이후 잔당들이 습득해 이리로 왔다고 합니다."

"귀찮은 종자들이야. 힘도 없고, 연약하지 그지없는 미물(微物) 주제에… 너무나 큰 것을 탐하는군."

먼저 말을 꺼낸 남자는 몇 겹을 걸친 옷 아래로도 두터운 근육과 잘 다져진 몸이 드러나는 모습이었다. 그는 슬쩍 눈을 돌려 옆쪽에 펼쳐진 평원을 바라보았다. 칠흑 같은 어둠이 깔려 있지만, 그의 눈은 아무런 방해도 받지 않고 그곳을 살피고 있었다.

"마을이 있나?"

"조그마한 마을과 화전민의 부락이 있는 것 같습니다만… 특별할 건 없었습니다."

무림의 혼란은 자연스레 일반 농민들에게도 큰 타격을 주었다. 시천월교는 제멋대로 그들의 수확을 빼앗아갔고, 심지어 땅마저도 토지 문서를 불태우고 자신들의 영유지로 정해 버리는 일이 잦았다. 그렇기에 농민들이 정착한 땅을 떠나 화전을 일구게 된 것이다.

"전부 처리해 둬라."

그 말에 두 명이 흩어지기 시작했다. 목표하던 것을 찾아 꽤나 시간을 소모했다. 조금이라도 빨리 '그것'을 얻는 게 그들의 목적이었다.

두 명이 사라지자 방립을 쓴 남자는 조용히 눈을 번득이며 불빛이 어른거리는 산채를 바라보았다. 마치 철기둥과 같은 팔 근육이 우람한 형체를 보이며 꿈틀거렸다.

"이런 곳까지 오게 될 줄이야."

그는 인상을 쓰며 몸을 돌렸다.

"중원(中原)의 공기는 마음에 안 드는군."

『광풍제월』 3권에 계속…

명운 장편 소설

FUSION FANTASTIC STORY

천풍 삼국지

2세기 말 중국 대륙.
역사상 가장 치열했던 쟁패(爭霸)의
시기가 열린다!

중국 고대문학을 공부하던 전도형,
술 마시고 일어나니 도겸의 둘째 아들이 되었다?

조조는 아비의 원수를 갚으러 쳐들어오고
유비는 서주를 빼앗으려 기회만 노리는데…….

"역시 옛사람들은 순수하다니까.
유비가 어설픈 연기로도 성공한 데는 다 이유가 있지, 암."

때로는 군자처럼, 때로는 효웅처럼!
도형이 보여주는 난세를 살아가는 법!